CHIEN ET CHAT.

MÉMOIRES
DE CAPITAINE ET DE PUSSY.

HISTOIRE FONDÉE SUR UN FAIT RÉEL.

VEUVE BERGER-LEVRAULT ET FILS, LIBRAIRES,

PARIS. RUE DES SAINTS-PÈRES, 8.

STRASBOURG. RUE DES JUIFS, 26.

Lith. de Vᵉ Berger Levrault & fils à Strasbᵍ

CHIEN ET CHAT.

MÉMOIRES

DE CAPITAINE ET DE PUSSY.

HISTOIRE FONDÉE SUR UN FAIT RÉEL.

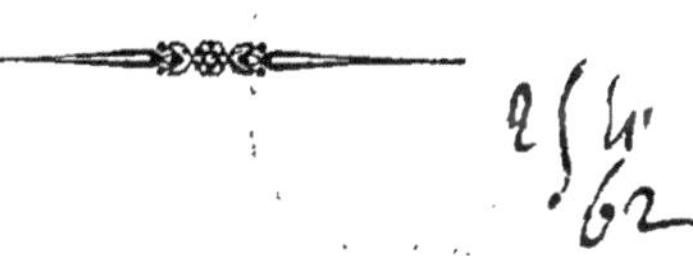

VEUVE BERGER-LEVRAULT ET FILS, LIBRAIRES.

PARIS, RUE DES SAINTS-PÈRES, 8. | **STRASBOURG,** RUE DES JUIFS, 26.

1862.

Strasbourg, imprimerie de veuve Berger-Levrault.

CHIEN ET CHAT

MÉMOIRES DE CAPITAINE ET DE PUSSY.

HISTOIRE FONDÉE SUR UN FAIT RÉEL.

J'entreprends d'écrire l'histoire d'une vie généralement douce et prospère, car bien que j'aie eu quelquefois à souffrir, la somme de mes plaisirs a de beaucoup surpassé celle de mes malheurs.

Entouré comme je l'étais de la plus constante bienveillance et des témoignages d'une bonté infatigable, comment de tels éléments n'auraient-ils pas assuré le bonheur d'un homme ou d'un animal? Mais tout en n'ayant aucune raison de me plaindre de mon sort, c'est un fait digne de remarque, que j'ai trouvé principalement mon bonheur dans ma soumission à des circonstances défavorables et dans une entière acceptation de ma destinée.

La nature elle-même a fait beaucoup pour moi. Je suis de la race des chiens couchants, d'une taille qu'un chien de Terre-Neuve n'aurait pas méprisée et d'une beauté qui ferait envie à un épagneul.

Mon poil blanc et brun est frisé, mes oreilles sont tombantes, ma queue touffue, mon nez délicat et découpé, mes yeux foncés sont expressifs et bienveillants; je suis actif, fort, fidèle, doux et obéissant, et j'ai toujours éprouvé un sentiment d'orgueil et de plaisir à me dire que j'étais un chien tout à fait bien élevé.

Ma condition dans la vie a été particulièrement agréable. Élevé dans un vieux manoir, habité par un gentilhomme et sa fille, entourés de serviteurs respectables et obligeants, mon éducation fut faite avec soin, et dès ma première jeunesse, j'eus l'avantage d'être introduit dans la bonne société. Il ne m'était pas permis à la vérité de venir souvent au salon, mon maître me trouvant trop gros pour cela; mais toute la partie inférieure de la maison me demeurait ouverte, et constamment admis dans le cabinet d'études de mon maître, j'étais le bienvenu près de sa cheminée, tandis qu'il lisait les journaux ou recevait des visites. Je prenais beaucoup d'intérêt à ses amis, et en écoutant leurs conversations, en les observant du coin de l'œil tandis qu'ils me croyaient endormi, en les flairant avec soin, je parvenais à me former une idée assez juste de leurs caractères pour régler d'après cela ma conduite à leur égard.

Quoique poli par nature et par éducation, j'étais un chien trop honnête et trop indépendant pour témoigner le même respect et la même cordialité à ceux que j'aimais et à ceux que je méprisais ; et, bien que reconnaissant des moindres faveurs venant de personnes que j'estimais, ni flatteries, ni caresses, ni bienfaits n'auraient pu m'induire à nouer une intimité avec quelqu'un qui ne m'aurait pas plu.

Si j'avais été capable de parler, j'aurais exprimé tout franchement mes opinions et je m'étonnais souvent en voyant mon maître, qui pouvait dire tout ce qu'il voulait, ne pas se disputer avec certaines gens, ni leur signaler ouvertement leurs défauts. Il me semblait que si j'avais été lui, j'aurais eu souvent des prises avec des importuns, à l'égard desquels non-seulement il se montrait poli lui-même, mais me forçait aussi à l'être. J'ai fréquemment remarqué que c'est le propre des humains de témoigner une sorte de respect à des personnes qu'ils n'aiment pas, ligne de conduite que les animaux ne sauraient comprendre.

Cependant j'avais aussi une manière à moi d'exprimer mes sentiments ; si j'avais de l'indifférence ou du mépris pour celui qui entrait dans la chambre, j'ouvrais seulement un œil et je lui bâillais au nez.

S'il tentait de m'adresser des compliments et m'appelait « bon Capitaine, beau chien », s'il essayait de me caresser, je secouais sa main et me soulevant de dessus ma couverture, je tournais sur moi-même et roulant ma queue par-dessous moi[1], je rentrais dans mon repos sans m'inquiéter de ses louanges.

De temps en temps, mon maître admettait des visiteurs, que je regardais comme des connaissances tellement indignes de lui, que j'avais réellement peine à contenir mon indignation. Je savais cependant que je ne devais pas les mordre, bien que dans ma propre opinion c'eût été la meilleure chose à faire; je n'osais pas non plus aboyer contre eux, car mon maître eût blamé même cette manifestation de mes sentiments, mais je ne pouvais résister à les accueillir par de sourds grognements; aussi longtemps que durait leur visite, je ne les perdais pas de vue, et je me faisais un devoir de les accompagner à la porte, afin de m'assurer qu'ils avaient bien dûment quitté notre territoire.

Il en était d'autres au contraire pour lesquels je ressentais la plus haute estime et la plus entière confiance. Leur arrivée me causait presque autant de plaisir qu'à mon maître, et je prenais peine à leur témoigner leur affection par tous les moyens en mon pouvoir : quittant le coin du feu pour aller à leur rencontre, branlant la queue, leur donnant la patte dès qu'ils me la demandaient et m'asseyant à terre, mon museau appuyé sur leurs genoux.

Je ne prenais cependant aucune liberté mal séante, car j'étais doué d'un tact particulier pour discerner entre ceux qui m'aimaient véritablement et ceux qui me toléraient seulement par politesse.

Je ne me mêlais guère volontiers avec ces derniers, quoique par amour pour ma jeune maîtresse, j'aie dû parfois me soumettre et leur donner hypocritement la patte, mais soit monsieur, soit dame, je reconnaissais d'un coup d'œil un véritable ami des chiens, si bien que je pouvais, sans crainte d'être repoussé, placer ma patte dans la main la plus blanche, ou appuyer ma tête sur la plus jolie robe.

La personne que j'aimais le plus au monde, c'était mon maître; je devrais dire plutôt que c'était la personne pour laquelle j'avais le plus grand respect. Mon affection pour sa fille Lily, ma jeune maîtresse, était au moins égale et je prenais le plus vif intérêt à tout ce qu'elle faisait.

Lily était une douce et gracieuse créature que j'aurais pu facilement renverser et fouler aux pieds, mais bien que ma force fut si supérieure à la sienne, il n'était personne à qui je fusse plus disposé à obéir. Un mot ou un regard de Lily me subjuguait entièrement et son amical avertissement: « Oh! oh!

Capitaine ! » retentissait souvent à mon oreille pour me rappeler aux bonnes manières lorsque j'étais sur le point de m'élancer en fureur contre quelqu'un qui aurait pu lui nuire.

Quoique sujet soumis, je me considérais cependant en quelque degré comme son gardien, son protecteur ; et homme ou bête qui aurait tenté de venir l'inquiéter, eût mal passé son temps.

Comme je l'ai déjà dit plus haut, il ne m'était pas permis d'aller au salon ; mais Lily trouvait néanmoins fréquemment l'occasion de faire attention à moi.

J'étais toujours assis au pied de l'escalier pour guetter le moment où elle descendait à la salle à manger ; c'était alors son habitude de caresser ma tête en passant et de me dire : « Comment te portes-tu, Capitaine, bon et gentil chien ? » A ces mots, je remuais ma queue et j'étais heureux. Je crois que je serais resté là, abêti la moitié du jour, si j'avais perdu le salut matinal de Lily. Après le déjeuner, elle venait au jardin, m'apportait des morceaux de rôtis et m'encourageait à les manger élégamment. J'aurais préféré happer des dents et les faire passer par ma bouche à ma façon, mais pour plaire à Lily, j'apprenais à attendre patiemment et à voir la croûte au beurre la plus séduisante par terre sous mon nez, car elle avait dit : « Attention, Capitaine, ne songe pas à y toucher avant mon commandement; — maintenant attrape! » et je croquais la beurrée de la façon la plus comme il faut et la plus délicate. Après avoir acquis cet empire sur moi-même, je pensais que mon éducation était achevée; mais Lily avait en réserve d'autres raffinements encore. Elle me faisait tenir la croûte sur mon nez, tandis qu'elle comptait jusqu'à *dix*, et au mot *dix*, je devais lancer la beurrée en l'air et la recevoir dans ma bouche. Il me fallut assez de temps pour apprendre ce tour, car je n'en comprenais pas du tout l'utilité. Pouvant distinctement flairer la croûte qui reposait sur mon nez, je ne m'expliquais pas pourquoi je ne devais pas la manger immédiatement.

J'ai souvent regardé par la fenêtre de la salle à manger pour observer si mon maître et ma jeune maîtresse prenaient leur repas de la même façon; mais quoique je les aie vus quelquefois s'asseoir comme moi tranquillement devant leurs assiettes, je n'ai pas remarqué une seule fois qu'ils plaçassent leur nourriture sur le nez avant de la faire passer dans leur bouche. Cependant tel était le bon plaisir de Lily et cela me suffisait.

Lily m'apprit aussi à fermer la porte à son commandement, ce que je ne réussissais à faire que d'une manière assez bruyante; car il fallait pour cela me jeter de tout mon poids contre la porte;

mais cette manœuvre amusait tellement Lily qu'elle avait l'habitude d'ouvrir la porte douze fois par jour pour me la faire fermer.

Un autre de ses divertissements favoris était de m'apprendre à me regarder au miroir. J'en pris assez vite l'habitude; mais la première fois qu'elle en plaça un devant moi, je confesse que j'en fus fort étonné et intrigué. Au premier coup d'œil que je jetai sur le miroir, je pris le chien que je voyais devant moi pour un ennemi et un rival qui venait empiéter sur mes domaines, et naturellement je me préparai à l'attaquer vigoureusement. Lui me parut également prêt au combat et en tout semblable à moi; mais lorsque, après beaucoup d'aboiements et de violences, je m'aperçus que ni l'un ni l'autre n'étions blessés, je pensai que le miroir était la barrière qui nous empêchait de nous rencontrer de près, et que mon ennemi s'était lâchement retranché à l'abri de ce rempart. Décidé que j'étais à le punir de sa poltronnerie, je passai adroitement par derrière, comptant le saisir et lui administrer une bonne frottée; mais je ne l'y trouvai pas. Je revins en avant; il était là furieux! Poussé à bout, je m'élançai derrière le miroir; le chien avait disparu! Après des essais renouvelés et toujours infructueux, une lueur de vérité commença à poindre devant moi. Honteux d'avoir été ainsi

P. 11.

Lith. de Vᵉ Berger Levrault & fils à Strasbg.

mis dedans, je me refusai à une plus longue contestation, et, m'étant assis tranquillement devant le miroir, j'y restai à contempler ma propre image et à réfléchir sur sa reproduction sur la glace.

Lily prenait beaucoup de peine avec moi, mais, après tout, ces perfectionnements n'avaient qu'une chétive valeur, et je n'étais pas né pour donner toute mon attention à de simples tours amusants, ni pour passer mon temps sur les genoux des dames; et il devenait urgent qu'on m'élevât pour les affaires importantes de la vie. Sous la direction attentive de mon maître, mes talents naturels se développèrent, mes défauts furent corrigés, au point que les juges les plus experts prononcèrent que j'étais le chien couchant le mieux dressé du pays. Mon maître lui-même était un chasseur distingué, et j'étais aussi fier de lui qu'il l'était de moi. Lorsque je fus assez bien dressé pour devenir son compagnon de course, nous prîmes l'habitude de rôder ensemble, sans nous lasser jamais, par monts et par vaux, parmi les broussailles et les ronces, lui faisant sa partie et moi la mienne, et rapportant entre nous deux au logis une abondance de gibier dont personne d'autre ne pouvait se vanter. Ceci était non-seulement mon occupation positive, mais aussi mon plaisir. Je m'y livrais complétement. Mettre un oiseau en arrêt sans bouger, jusqu'à ce que le coup infaillible de mon maître me donnât le signal de courir, de saisir l'oiseau et de le déposer à ses pieds, c'était pour moi la plus grande jouissance et le principal but de ma vie, et si quelqu'un est disposé à me mépriser pour cela, je le prie de se rappeler que c'était l'œuvre qui m'était donnée à faire et que je m'en acquittais de mon mieux. Chacun en peut-il dire autant?

Je n'étais pas capable de comprendre les causes ou les conséquences de mes actions, et l'idée de savoir si cela plaisait ou non aux oiseaux ne se présenta jamais à mon esprit. Je pensais que les oiseaux étaient créés pour être tués, et je ne m'imaginais pas qu'on en pût jamais faire un autre usage.

La seule chose qui me déplaisait dans nos excursions, c'est que mon maître permettait souvent à des compagnons inexpérimentés de venir chasser avec nous. Alors je grognais, je murmurais et me plaignais à lui de mon mieux, lorsque je l'entendais inviter à l'accompagner quelque sot maladroit qui savait à peine tenir un fusil; mais tout cela était inutile; le seul défaut de mon maître était de ne pas consulter suffisamment mes goûts et mon opinion dans le choix de ses connaissances, et de là résultèrent biens des mauvais jours de chasse.

Enfin, un jour ma patience fut mise à l'épreuve

au delà de tout ce qu'on peut attendre d'un chien. Un jeune gentilhomme arrivé à la maison fut, à mon avis, traité par mon maître et par Lily beaucoup mieux qu'il ne me parut le mériter. Au premier regard que je jetai sur lui, je pénétrai dans son esprit, et j'aurais aimé entendre mon maître grogner et ma maîtresse aboyer à sa vue; mais, au lieu de cela, ils lui exprimèrent leur satisfaction de le voir et leur espérance qu'il avait fait un voyage agréable.

Le nouvel arrivé commença immédiatement une longue kyrielle de plaintes, blâmant tout ce dont il parlait. Il avait froid, et jamais en cette saison de l'année on n'avait eu un pareil temps; il était fatigué; les routes étaient mauvaises, le pays triste, et, pendant les vingt dernières lieues, il avait dû se cramponner à l'intérieur de la voiture.... Quelle honte que le chemin de fer n'aille pas tout du long de la route! Enfin, s'il paraissait content d'être arrivé au terme de son voyage, c'était plus par amour de ses aises que pour le plaisir de voir ses amis. Cependant tous ces inconvénients n'avaient pas nui à son appétit, ce dont je m'aperçus bientôt en jetant à plusieurs reprises, pendant le dîner, un coup d'œil dans la chambre, afin de l'examiner et d'écouter sa conversation.

Tout ce qu'il disait était sur le même ton : il

trouvait des fautes à tout. Lily même ne réussit pas à le mettre en bonne humeur, bien qu'elle essayât d'amener la conversation sur les sujets qui semblaient devoir lui plaire. Après avoir échoué dans ses tentatives pour trouver une veine plus favorable, elle lui demanda s'il avait beaucoup chassé en dernier lieu ?

Beaucoup, répondit-il, mais sans succès. Les chiens de mon frère sont si misérables ! Il n'y a rien à faire avec de telles bêtes !

Lily rougit et répondit qu'elle trouvait les chiens de Rodolphe très-beaux, et que cela ne lui ressemblait nullement d'avoir rien de mauvais en sa possession.

Oh ! répondit l'autre, Rodolphe est le compagnon le plus optimiste du monde ; il est toujours satisfait. Je vous assure que ses chiens ne sont bons à rien. Je n'ai jamais pu mettre bas un seul oiseau pendant tout le temps que je suis resté avec eux.

Bien, dit mon maître, j'espère que nous pourrons réparer cette disgrâce demain ; vous viendrez chasser avec le meilleur chien du pays.

Je fus vivement affecté de cette parole ; car je savais qu'il s'agissait de moi, et la pensée de sortir avec un chasseur qui commençait par trouver tous les chiens en défaut, me déplaisait souverainement.

Je suspectai à part, moi, qu'ici les chiens n'étaient pas fautifs : mais personne ne m'écoutait.

Le jour suivant, tandis que Lily et moi jouions dans le jardin, mon maître parut à son heure ordinaire, ayant revêtu son costume de chasse.

Où est Craven, demanda-t-il à Lily? Je lui avais recommandé d'être prêt.

Il s'habille encore, répondit-elle en riant; ses bottes ont sans doute commis quelque inconvenance ou sa veste s'est mal comportée, je ne sais.

Ah, bah! s'écria mon maître; il perdra la moitié du jour avec de telles balivernes! Je ne puis l'attendre davantage. Dis-lui que je suis parti et qu'il me rejoigne avec John.

Retourne, Capitaine, me dit-il; car je m'étais éloigné du côté de mon maître pour éviter le compagnon que je redoutais; retourne: tu devras te comporter de ton mieux aujourd'hui; car je soupçonne fort que tu en sais plus long que celui qui te dirigera.

J'obéis bien à contre-cœur et restai en arrière, suivant attentivement des yeux mon maître qui s'éloignait. Je me consolai en écoutant les éloges que me donna Lily et que je préférais même aux biscuits qu'elle m'accordait en ce moment avec une égale profusion. Après plusieurs compliments, ma jeune maîtresse, prenant un ton plus grave, me dit : Maintenant, Capitaine, écoute-moi!

Je me tins debout et la regardai en face : Tu sais que tu es le meilleur des chiens. Je remuai la queue, car certainement je le pensais aussi. Lily me le disait chaque jour, et je croyais tout ce qu'elle me disait. Voici encore un biscuit; attrapé! Je le pris et l'avalai tout d'une bouchée.

Bon chien! maintenant c'est assez et j'ai quelque chose à te dire. Tu vas chasser avec Craven. Il n'est pas son frère; mais on n'y peut rien. J'espère qu'il sera bon pour toi, mais je n'en suis pas sûre. Fais attention de te bien conduire, et de lui donner un bon exemple. Fais ton devoir aussi bien que possible, et ne gronde ni ne murmure contre personne; et si tu es en colère, n'aboie ni ne mords, mais supporte tout patiemment.

Je ne sais pas ce que Lily aurait encore ajouté si son discours n'eût été interrompu par le vieux John, le groom qui attendait comme moi le Monsieur en question. La femme de John avait été la nourrice de Lily, et lui-même avait appris à cette dernière à monter à cheval; il l'aidait à faire son jardin, et partageait en quelque sorte avec moi le privilége de veiller sur elle, privilége qui avait créé entre nous trois le lien d'une solide amitié. Il avait écouté notre conversation : le voici qui vient, dit-il, en regardant du côté de la maison, et secouant la tête d'une manière qui lui était familière; il aurait autant besoin de vos avis que ce pauvre animal, et je parierais qu'il ne les comprendrait pas mieux que lui.

John dit ces derniers mots à part lui et d'une voix basse, tandis que Lily allait au-devant de Craven qui apparaissait enfin en costume complet de chasse. Il avait autour de lui une telle quantité de gibecières, de boîtes à poudre, de flasques et d'autres objets suspendus de tous côtés que je m'étonnai qu'il pût encore se mouvoir. Le vieux John branla la tête en le voyant, et dit en gromelant : Beaucoup de bruit, peu d'effet!

Lily commença à expliquer à Craven l'absence de son père; mais il ne l'écoutait pas et semblait tout occupé de lui faire admirer ses nombreuses inventions. Lily lui dit qu'il avait une si grande abondance d'outils qu'il serait bien habile s'il rapportait du gibier dans la même proportion, mais qu'à son avis, une telle variété d'instruments lui semblait plutôt embarrassante.

Naturellement, reprit Craven, les jeunes filles ne sont point au fait de ce qui concerne la chasse, et je ne puis pas attendre que vous compreniez le mérite de toutes ces choses.

Oh non, certainement, répondit Lily avec gaîté, je ne puis pas dire que nous soyons bien habiles, seulement papa m'a souvent dit qu'on n'a besoin que de peu d'instruments lorsqu'on sait bien son affaire; mais peut-être ne voulait-il parler que des affaires des jeunes filles, et certainement vous vous entendez aux vôtres.

Le vieux John s'avança alors respectueusement, et avec un clignotement des yeux, que je compris fort bien, il dit à Craven : Vous êtes tellement encombré avec votre harnais, Monsieur, qu'il vaudrait mieux que vous me remissiez votre fusil, car vous ne pouvez porter à la fois les choses utiles et celles qui ne le sont pas.

Craven lui tendit son fusil sans rien ajouter, et nous partîmes. Du moment où je le vis abandonner son fusil, son arme essentielle, pour l'amour de toutes ces adjonctions superflues, le peu d'espoir que j'avais placé en lui s'évanouit, et je le suivis abattu et découragé. Une fois dans les champs, la perspective de rejoindre mon maître me ranima un peu; mais même en cela je fus désappointé; mon maître avait été chasser au loin dans la campagne, tandis que Craven préféra demeurer dans les plaines cultivées. Cependant, la société du vieux John était une consolation pour moi, et dès que le premier oiseau fut découvert, je le tins en arrêt. Craven reprit son fusil; mais tandis qu'il cherchait dans la mauvaise poche la charge convenable, John abattit la perdrix. «Un bel oiseau,» s'écria Craven; sans ce maladroit bouton, je l'aurais tiré! Il se présentera bientôt une autre occasion, dit John. Voyons, chargez d'abord votre arme!

Craven chargea; mais il y avait quelque chose d'autre qui allait de travers dans son attirail; et, avant qu'il fût prêt à tirer, John avait déjà mis un faisan dans la gibecière. A la fin, Craven tira un oiseau et le manqua. Cette fois c'était la faute de John qui l'avait empêché de bien viser.

Eh bien! je ne serai pas plus longtemps sur votre chemin, s'écria John, car j'avais ordre de mon maître, après vous avoir montré les plantations, de retourner à mon ouvrage si ma présence n'était plus nécessaire. Ainsi, bonjour, Monsieur, je vous souhaite plus de bonheur.

La fois suivante, et la suivante, puis la suivante encore, le succès ne fut pas meilleur. Oiseau après oiseau se leva et s'envola loin de notre nez; ils semblaient se moquer d'un semblable freluquet, et j'avais, quoique innocent, ma part de cette humiliation. Nous passâmes ainsi la moitié de la matinée à perdre temps et patience, poudre et plomb, tandis que le gibier se riait de notre maladresse. Quant à moi, je désirais ardemment retourner au logis. Cependant, les recommandations de Lily à mon départ me revinrent à la mémoire, et je résolus de rester le dernier sur le terrain quand même nous n'aurions pas autre chose ce jour là. Je me dis aussi que personne n'était né le fusil à la main et que peut-être Craven n'avait pas eu d'occasion d'acquérir de l'adresse; qu'il y avait un commencement à tout et que c'était l'affaire des plus expérimentés de venir en aide aux ignorants. Aussi, je continuai à être aussi utile que je pus à Craven.

Tout à coup, après une maladresse des plus choquantes de Craven : C'est entièrement ta faute, chien stupide, s'écrie-t-il; tu ne fais jamais lever l'oiseau où on l'attend; si tu savais mieux ton métier, j'en aurais déjà empoché des douzaines!

Après un pareil affront, je me dis que j'en avais assez enduré, et que c'était en vain que je tenterais d'être utile à un être aussi injuste et ingrat qu'ignorant et prétentieux. En conséquence, je me retournai, et d'un air calme, mais digne et assuré, je repris le chemin de la maison. Craven appela, cria, siffla; mais je n'en tins nul compte.

J'étais trop dégoûté pour avoir plus rien à faire avec lui et je ne tournai la tête, ni ne ralentis le pas jusqu'à ce que j'eusse atteint mon chenil, et après avoir arrondi ma queue autour de moi, je me couchai sur la paille en réfléchissant à l'injustice dont j'étais victime jusqu'à ce qu'enfin je m'endormis.

Je me tins, et pour plus d'un motif, loin de tout le monde pendant le reste du jour. Une créature inférieure par sa nature ne peut pas tout à coup se mettre au-dessus d'un affront et l'effacer de son esprit comme le ferait un homme; nous autres chiens sommes esclaves de nos impressions, et jusqu'à ce qu'elles soient effacées; nous ne pouvons nous empêcher d'agir d'après elles, et j'ai honte d'avouer que je prenais plutôt plaisir à nourrir ma colère. Je n'avais donc aucune envie de voir Craven; peut-être aussi étais-je un peu honteux de ma conduite, et de la manière dont elle aurait été jugée par mon maître et Lily; mais heureusement je pus entendre John rire à gorge déployée en racontant cette affaire qui amusa fort mon maître, et je repris assez de confiance pour me présenter, bien que d'un air timide, à ma jeune maîtresse, quand elle descendit l'escalier le lendemain matin.

Allons, entrez déjeuner, mon excellent chien, s'écria-t-elle, et je la suivis, enchanté de me trouver en faveur auprès d'elle comme auparavant. Mais, hélas! combien peu je prévoyais le malheur qui allait fondre sur moi! j'aurais mieux fait de rester dans mon chenil quelques jours encore sous l'impression que le monde entier était conjuré contre moi.

Craven et moi nous nous rencontrâmes sur le tapis que je regardais comme mien, car c'était un de mes principaux plaisirs d'être assis sur ce tapis, les pieds posés sur le chenet, me chauffant le nez et me rôtissant de tous les côtés jusqu'à ce que mon poil fut si chaud que Lily poussait un cri en me touchant, et qu'elle aurait même aboyé si elle avait su comment. Craven occupait dans ce moment ma place, une de ses pattes de derrière posée sur mon gardefeu. Il me regarda d'un air dédaigneux et je le lui rendis par un regard de mépris, quoique j'eusse été encore plus disposé à le saisir par les talons de ses bottes vernies et à lui apprendre à avoir du bon sens et des manières convenables.

Lily qui n'était jamais en colère contre personne, ne se doutant pas de l'antipathie qui existait entre Craven et moi, s'écria d'un air innocent : Craven, voici Capitaine qui vient renouer amitié avec vous et demander pardon de vous avoir abandonné hier. Donnez la patte, Capitaine !

Donner la patte à Craven, était une chose que je ne voulais pas faire, et mon maître, en qualité de bon chasseur, entra dans mes sentiments.

Ce chien a été blessé par votre mauvaise manière de chasser, dit-il à Craven, et vous ne me ferez jamais croire non plus qu'à lui qu'il y eût de sa faute. Essayez de nouveau. Il n'est pas absolument nécessaire que vous soyez chasseur, mais quelques choses que vous veuillez faire, vous devez les faire convenablement et vous pouvez apprendre aussi bien que tout autre, pourvu que vous ne vous imaginiez pas être déjà parfait. Nous irons ensemble chasser aujourd'hui.

C'est ainsi que les choses se passèrent en ce jour fatal. Je me fis honneur à moi-même, et mon maître me rendit justice et je passai la matinée heureux dans l'ignorance des événements à venir. Craven tira et manqua; il tira encore et manqua de nouveau; mais un éclat de rire de mon maître l'arrêta au moment où il allait rejeter le blâme sur le chien ou sur le fusil.

« Les mauvais ouvriers trouvent toujours que la faute est à leurs outils, Craven, » dit mon maître. « Visez donc plus juste! »

John voulut essayer de lui faire comprendre la chose, mais il ne voulut écouter aucun avis.

Il est rare que les fautes ou les sottises d'un homme ne nuisent qu'à lui-même. Hélas! j'en fis la triste expérience, et je devins victime de l'opiniâtreté et de la suffisance de Craven. Au premier coup qu'il tira, j'éprouvai une douleur que je n'oublîrai jamais; son coup, mal dirigé, avait atteint mon épaule et je tombai à terre, hurlant dans mon angoisse. Mes compagnons m'entourèrent à l'instant en poussant des exclamations d'effroi, de regret et de pitié. Craven lui-même criait le premier et plus haut que tous. Il ne se pardonnerait jamais, disait-il; tout cela provenait de sa maladresse et de sa stupidité ; il n'avait jamais eu autant de chagrin de sa vie.

Craven courut à une chaumière voisine, chercher un brancard, tandis que mon maître et John bandaient ma plaie. Ils me posèrent ensuite soigneusement sur la planche et me rapportèrent ainsi à la maison. Craven se faisant des reproches tout le long du chemin et s'apitoyant sur moi chaque fois qu'il ouvrait la bouche, j'avais peine à reconnaître en lui l'homme si hautain et entêté une demi-heure auparavant, et mon maître lui-même qui était fort outré d'abord contre lui, commença à s'adoucir en voyant son repentir.

Ils me portaient deux à la fois et tour à tour; lorsque Craven se trouvait à mes côtés, il caressait ma tête en disant : Pauvre Capitaine, combien je voudrais pouvoir faire quelque chose pour te soulager ! Si du moins tu pouvais comprendre combien je suis triste et honteux, je crois que tu me pardonnerais !

Quoique souffrant beaucoup, je ne pouvais rester insensible à son chagrin, et lorsque j'entendis le son affectueux de sa voix et vis des larmes dans ses yeux, mon ressentiment se fondit et je léchai sa main pour lui montrer que je ne lui en voulais plus.

Cet accident me confina pour un temps considérable dans mon chenil où je fus l'objet de tous les soins et de tous les égards possibles. Mon maître et John pansaient ma blessure et Lily m'apportait elle-même chaque jour mes repas, et aussi longtemps que Craven fut à la maison, il ne manqua jamais de l'accompagner, me réitérant chaque fois l'expression de ses regrets et de sa sympathie, et lorsqu'il nous eut quitté, j'entendis le vieux John dire: J'ai toujours pensé qu'il y avait quelque chose de bon chez maître Craven; son frère est le meilleur compagnon qui ait jamais existé : il ne sera pas indigne de lui. Ce garçon est tout à fait changé maintenant. Je m'assure que, tant de Capitaine que de miss Lily, il a reçu une leçon qu'il n'oubliera jamais.

Avec le temps je me rétablis et me trouvai aussi vigoureux qu'avant; mais, ce qui est étonnant, je ne me sentais plus le même. Mes souffrances m'avaient fait sérieusement réflechir et je pensai qu'un coup de fusil reçu devait être aussi peu agréable aux oiseaux qu'à moi et je commençai véritablement à en avoir pitié. Jusqu'ici, ce changement était pour le mieux; mais il ne s'arrêta pas là. Non-seulement mon amour pour la chasse disparut, mais il fit place à une timidité que ni les menaces, ni les caresses ne purent jamais vaincre. Je tremblais à la seule vue d'un fusil, et ni récompense ni punition ne pouvaient me décider à braver ses effets. En toute autre circonstance, j'étais aussi courageux qu'auparavant; j'aurais, sans la moindre frayeur, attaqué une bête sauvage ou défendu la maison contre les voleurs; mais je ne pouvais plus supporter le feu, et dès que je voyais pointer un fusil, rien ne pouvait me retenir : je tournais promptement le dos et m'enfuyais.

La pauvre bête est tout à fait gâtée, dit un jour John à mon maître : elle ne sera plus bonne à rien, et il serait cruel de la forcer.

Elle ne peut plus aller à la chasse, répondit mon maître, mais elle est loin de n'être plus bonne à rien. Elle est toujours très-vive ; il faut en faire un chien de garde.

C'est donc à cela que je fus destiné. Au début je trouvai ce changement de vie certainement peu agréable ; mais je réfléchis que c'était maintenant ma tâche, et quoique tout ce qui était arrivé, ne fût pas exactement par ma faute, je résolus de faire de mon mieux pour m'adapter à mes nouvelles fonctions. Si l'on m'eût dit au commencement de l'été, que je devrais rester à la cour ou au jardin, quelquefois même être attaché à un arbre du parc, que mes amusements les plus aventureux se borneraient à faire tranquillement un tour dans les bosquets, et mes occupations les plus sérieuses à écarter les gens d'un air suspect : j'aurais souri, peut-être même grogné à l'ouïe d'une telle prédiction; mais tel fut mon lot, et avant peu je me reconciliai avec ma nouvelle position et résolus de mériter encore plus de confiance comme chien de garde qeu je n'en avais obtenu comme chien de chasse.

Nous n'étions pas souvent inquiétés par des voleurs, car notre habitation était dans un centre paisible où nous connaissions tout le monde, où chacun nous connaissait et où probablement personne ne nous voulait du mal. Un jour cependant arriva où ma vigilance fut mise à l'épreuve.

Il y avait foire dans le voisinage et l'on s'y rendait de tous les côtés. Le matin je m'amusai à voir passer devant notre porte des groupes de paysans avec leurs habits bariolés, ils riaient et discutaient gaîment entre eux. J'en connaissais un grand nombre qui me saluaient amicalement au passage et j'y répondais en branlant poliment ma queue.

John et d'autres de nos domestiques s'étaient aussi rendus à la foire et paraissaient s'amuser autant que les autres. Mais ils rentrèrent à la maison avant la nuit, et toutes les personnes respectables qui avaient passé le matin devant notre porte y repassèrent le soir avant qu'il fût tard. Ils avaient l'air contents de leur journée, leur démarche ferme et tranquille prouvait qu'ils n'avaient pas manqué à la sobriété. Je fus très-réjoui de les voir se comporter si bien.

Mais parmi la foule des passagers du matin, j'avais remarqué plusieurs figures dont l'extérieur m'avait déplu. Quelques-uns d'entre eux me firent la mine et j'eus l'impression bien nette qu'ils ne méditaient rien de bon; l'un de ces hommes, qui avait encore plus mauvaise mine que les autres, s'arrêta près de moi et siffla en me présentant un morceau de viande. Il est à peine besoin de dire que je rejetai avec indignation son présent, car je compris qu'il voulait par là m'induire de manière ou d'autre à négliger mon devoir. Aussi je grognai et lui montrai les dents, le surveillant attentivement jusqu'à ce qu'il se fût éloigné. J'étais bien sûr que la vue ou l'odorat me le feraient reconnaître une autre fois.

A mon grand dégoût, je vis plusieurs de ces personnages à sinistre figure revenir le soir complétement ivres. J'ai toujours eu un éloignement particulier pour des personnes dans cet état; et je ne me suis jamais fié à un homme qui pouvait se dégrader et tomber ainsi au-dessous de mon propre niveau. Je les regardai tous attentivement, m'attendant à reconnaître à chaque instant celui qui avait essayé de s'insinuer dans mes bonnes grâces; car j'avais la certitude instinctive de ne l'avoir pas vu pour la dernière fois.

La nuit vint tandis que je veillais ainsi; mais celui que j'attendais ne paraissait pas. Le reste de la famille se retira tranquillement sans prendre garde à mon inquiétude, mais rien n'aurait pu me décider à me coucher et à fermer les yeux ce soir-là.

J'étais certain qne le moment du danger approchait ; et c'était mon devoir, comme gardien fidèle d'être prêt pour ce moment-là. Je parcourais donc avec précaution la cour, ou bien assis dans mon chenil, la tête en dehors, j'écoutais et recueillais le moindre bruit. Par degrés, le nombre des joyeux compagnons qui revenaient de la foire diminua : de loin en loin quelque piéton solitaire troublait seul le silence nocturne ; puis le bruit des voix s'apaisa insensiblement, et la contrée tout entière parut bientôt endormie. Cependant je veillai avec une patience infatigable jusque bien avant dans la nuit. A la fin je crus entendre derrière le mur des pas furtifs accompagnés d'un chuchotement presque insaisissable. J'ouvris davantage les oreilles : les pas se rapprochaient et une main se posa sur le loquet de la porte. Mon odorat m'avertit aussitôt que je ne me trompais pas : c'était bien l'homme que j'attendais. D'autres pouvaient être avec lui ; mais lui y était bien. Sans perdre un moment je donnai l'alarme de manière à réveiller tout le village ; en tout cas je réveillai toute la maison. Mon maître descendit en robe de chambre ; John, sa lanterne à la main et son bonnet de nuit rouge sur la tête. Lily, un châle jeté sur les épaules parut derrière sa jalousie, et voyant son père dans la cour, elle descendit à son aide, comme si elle avait pu être de quelque secours contre des voleurs; pauvre chère enfant!

Les serviteurs se réunirent dans des accoutrements si étranges qu'ils ressemblaient à une troupe d'animaux qui auraient pris par erreur les poils les uns des autres. Les filles avaient gardé leurs voix criardes qu'on entendait presque autant que la mienne. Oh! que j'étais fier de ce moment! Plus la frayeur de chacun était grande, plus ils faisaient de bruit et plus je m'en orgueillissais, car tout cela était mon ouvrage. C'était moi qui les avais avertis au milieu de la nuit, et leur confiance en moi était telle qu'au seul son de ma voix ils avaient tous quitté leurs lits et s'étaient assemblés dans la cour, sans même se donner le temps de s'habiller. Oh! combien j'admirais mon habileté et ma vigilance! Je dansais autour de Lily et bondissais dans toutes les directions jusqu'à renverser le pauvre berger encore endormi, et dans ma joie je me jetais dans les jambes de tout le monde. Je n'avais jamais été si heureux de ma vie; mais mon maître et John restèrent parfaitement calmes; après avoir examiné la porte et les traces des pieds au dehors, ils décidèrent qu'on y avait certainement fait une tentative pour l'enfoncer, mais que les voleurs effrayés par moi s'étaient éloignés.

Ils l'ont échappé belle, Monsieur, dit John; car

s'ils avaient réussi à entrer, le chien les aurait empoignés.

Capitaine a bien fait son devoir, dit mon maître, et nul maintenant ne pourra dire qu'il est inutile ici. —

C'est bien heureux que personne n'ait eu du mal, dit Lily; mais je suis contente que ces gens aient eu peur; peut-être la peur les fera renoncer à ce vilain métier.

Depuis ce jour je fus traité avec beaucoup de considération. La nuit je gardais la maison, et le jour j'étais le compagnon fidèle de Lily. Nous nous permettions de faire ensemble de grandes promenades et son père la savait en sûreté sous ma garde. J'appris à porter son parasol et son panier et à rester patiemment près d'elle, la suivant des yeux tandis qu'elle grimpait à travers les broussailles pour cueillir des fleurs sur la colline. J'étais aussi un excellent nageur et je lui rapportais les bâtons qu'elle jetait bien avant dans la rivière. Je ne pouvais cependant comprendre pourquoi elle avait besoin de ces bâtons dont elle ne se servait jamais à la maison; mais nous nous entendions tous deux pour les retirer de l'eau. Souvent je l'accompagnais au village, restant à la porte de la chaumière tandis qu'elle visitait les pauvres malades à l'intérieur. Pendant ce temps les enfants se réunissaient autour de moi, me caressant ou me tirant l'oreille, même s'ils la tiraient un peu fort, j'eusse trouvé au-dessous de moi de m'en plaindre ou de leur rendre le mal pour le mal et j'en étais bien dédommagé lorsque Lily en sortant de la chaumière me louait et m'appelait le meilleur et le plus gentil des chiens.

D'autres fois elle aimait à s'établir pour lire et travailler à l'ombre d'un arbre; je me couchais à ses pieds sur le gazon ou me tenais debout à ses côtés. J'avais soin de ne pas l'interrompre pendant qu'elle était occupée; mais elle interrompait souvent sa lecture pour causer avec moi et me pressait amicalement la patte dans sa main.

Que ce temps était heureux! et que j'aurais voulu qu'il durât toujours! Mais cet état paisible devait être bientôt troublé, et il m'en coûte d'avouer que ce fut par ma propre folie.

Je m'étais insensiblement mis dans l'esprit ou plutôt dans le cœur que j'étais l'unique favori de Lily et qu'aucun autre objet n'avait droit à ses affections.

Je lui permettais naturellement de prêter une certaine attention à des êtres humains, car je sentais bien qu'il ne m'était pas donné de pouvoir rivaliser avec eux, je n'en étais donc pas jaloux; mais un mot ou un regard accordés à un animal inférieur m'apparaissait comme un affront que l'estime que j'avais de moi-même m'obligeait à ressentir.

Un jour Lily parut au jardin, portant dans ses bras un petit chat blanc. J'aurais voulu le tenir en mon pouvoir pour le houspiller et Lily étant très-bonne pour moi, je m'imaginais qu'elle l'amenait dans ce dessein; aussi je le guettai, prêt à l'attraper dès que ma jeune maîtresse le lancerait de mon côté. Au bout d'un moment je commençai à trouver que Lily ne devrait pas trop prolonger cette tentation et me faire attendre si longtemps; j'essayai de lui montrer mon impatience par divers signes qu'elle pouvait comprendre, mais à mon grand étonnement, non-seulement elle parut insensible à mes insinuations, mais elle prit sur elle de m'en blâmer. Mon Capitaine, vous n'êtes pas un bon chien; il ne faut pas souhaiter de faire du mal à ce pauvre petit chat. Allez-vous en!

Si jamais j'ai reçu un affront dans ma vie, ce fut bien alors. Je me retournai et secouant les oreilles, je m'assis, tournant le dos à Lily et à ce méprisable petit chat, me refusant même à regarder ma maîtresse lorsqu'elle me parlait.

Ici commence une période de ma vie dont le souvenir me remplit toujours de honte et de regret. Je continuai à bouder complétement et Lily elle-même ne parvint pas à m'apaiser.

Venait-elle à moi seule ou en compagnie d'un être humain, je m'épanouissais pour un moment; mais paraissait-elle avec le chat dans ses bras, je rechignais de la manière la plus disgracieuse. Personne ne se doutait à quel point je détestais ce maudit chat: son existence me semblait être une calamité pour l'univers entier.

En repassant dans ma mémoire ces jours éloignés, je dois confesser avec franchise que je n'avais aucune raison pour être jaloux. Lily ne se relâchait nullement dans ses bontés pour moi et elle me prodiguait chaque jour des preuves d'estime et de considération supérieures à celles qu'elle accordait à l'objet de ma jalousie. Elle me nourrissait, me caressait, me menait à la promenade, causait avec moi tout comme auparavant et aussitôt qu'elle s'aperçut de mes préventions contre son nouveau favori, elle cessa de le prendre dans ses bras et se montra soigneuse de le tenir hors de ma vue. Mais en dépit de ses peines, je le voyais toujours et partout; il importunait sans cesse mes yeux, tantôt sur le toit de la maison, tantôt sautant d'un bond en bas de la fenêtre, tantôt perché sur une palissade ou grimpant sur les colonnes du vérandah, et toujours blanc, propre, bien peigné, et portant autour de son cou un ruban bleu que Lily y avait attaché comme pour me braver.

Lors même que je ne le voyais pas, je l'entendais miauler; — quand je ne pouvais l'entendre, j'y rêvais encore. J'étais véritablement misérable! Il est clair cependant que je n'avais pas le droit d'exiger de Lily qu'elle n'aimât personne que moi, et que je n'avais nul motif de me plaindre, car tous les plaisirs et toutes les douceurs de la vie m'appartenaient. Je crois en vérité qu'un chagrin réel m'eût été plutôt agréable en ce moment. J'aurais aimé à être victime de quelque criante injustice, car, décidé que j'étais à bouder, j'aurais été bien aise qu'on me fournît quelque raison de le faire. Mais je n'en avais point: chacun continuait à être bon pour moi. Quelle que fut ma mauvaise humeur, personne ne m'en punissait, ni même me grondait, et dès qu'il me prenait fantaisie d'être de bonne humeur, mes amis étaient toujours prêts à venir au-devant de moi, sans que je susse même jamais s'ils s'étaient aperçus ou non que j'étais mal disposé.

Toutefois je n'essayais pas de changer, quoique certainement cette bouderie ne contribuât pas à mon bonheur.

Un jour j'entendis mon maître remarquer à l'occasion d'une personne désagréable, que la mauvaise humeur rend plus malheureux ceux qui la ressentent que ceux qui en sont l'objet; je supposais donc que la bouderie ne devait plaire à personne, et je savais par expérience qu'elle ne convient pas mieux aux chiens. Oh ! c'était un temps misérable.

Je continuai donc à ruminer sur mes souffrances imaginaires, me doutant peu qu'elles allaient bientôt faire place à des peines réelles. J'avais été mécontent alors que toutes les jouissances étaient à ma disposition, et maintenant j'allais désirer en vain le retour de ce bonheur que j'avais négligé !

Et cependant sur le point qui m'importait le plus, je continuais à en agir à ma tête ! Oh! si je pouvais ne plus jamais voir Lily caresser ce maudit chat, je serais tout à fait heureux, me disais-je parfois. Hélas ! bientôt je ne vis plus Lily caresser le chat, et de ce jour commencèrent mes véritables chagrins.

Un matin, je m'aperçus d'un grand remue-ménage dans la maison; tout était en confusion et semblait sorti de l'ordre accoutumé. Chacun s'occupait à quelque chose d'inusité. On descendait de l'appartement des meubles et des malles; le cabinet d'études de mon maître était rempli de grandes caisses, et au lieu de lire comme d'ordinaire dans leurs livres, mon maître et Lily passaient tout leur temps à les serrer dans ces caisses. Ensuite mon ami John vint et en cloua les couvercles. Lorsqu'il eut assujetti le premier, je sautai dessus et y restai à observer comment John enfonçait les clous; je remuais ma queue et clignais des yeux à chaque coup de marteau ; tout ce qui se passait autour de moi me surprenait, mais ce mouvement ne me déplaisait pas.

— Ah ! pauvre vieux ami, me dit John, je m'étonne comment vous prendrez tout ceci ?

— Prendre quoi, me demandai-je, sans comprendre ?

Quelques jours plus tard, John et un des hommes de la ferme, sortirent, montés chacun sur un cheval et en tenant un autre en main. Pensant qu'ils les menaient promener, je les suivis comme j'avais fait d'autres fois; mais arrivés au bout du village, John m'ordonna de retourner à la maison, accompagnant son injonction de ces mots : Adieu, pauvre Capitaine, ne nous oublie pas, mon vieux compagnon !

J'obéis et retournai en arrière, mais restai très-intrigué. John ne m'ayant jamais auparavant renvoyé de la sorte.

En arrivant à la maison, je vis devant la porte un char sur lequel étaient empilés à une grande hauteur des caisses et des paquets; au sommet de cet échafaudage était perché un vilain petit chien qui grognait et aboyait, — ayant l'air de se regarder lui-même comme le maître de toutes ces choses. J'étais disposé à faire poliment connaissance avec lui; mais le petit roquet eut l'audace d'aboyer contre moi ; contre moi, dans mes propres domaines. Je ne pensai pas qu'il valût la peine de l'en punir, outre qu'il m'eût été difficile de l'atteindre ; mais je grognai fièrement, et son maître qui chargeait la voiture me força à m'éloigner de là.

Ainsi renvoyé de tous côtés, je me rendis à la cour et me roulai dans la paille de mon chenil ; là au moins, me dis-je, personne ne viendra m'affronter. J'y demeurai couché jusqu'à ce que j'entendis au loin la douce voix de Lily appeler : Capitaine ! Capitaine ! Je bondis en entendant sa voix et me trouvai en face de ma jolie maîtresse, vêtue d'un habit de voyage, elle tenait à la main ce panier que j'avais si souvent porté. Cette fois, elle ne m'engagea pas à l'accompagner. Pauvre Capitaine, dit-elle, je viens te dire adieu. Je crains de te manquer beaucoup, mais j'espère qu'ils prendront bien soin de toi. Adieu, le meilleur des chiens !

Viens, Lily, dépêche-toi, cria mon maître depuis la porte. Lily et moi courûmes vers lui. Il se tenait près d'une voiture, la portière ouverte et le marchepied abattu. Le jardinier et sa femme étaient aussi là, lui, chapeau en main, elle s'essuyant les yeux du coin de son tablier. Lily s'élança dans la voiture ; son père la suivit ; le jardinier leur souhaita un bon voyage, — et un heureux retour, ajouta sa femme ; et ils partirent.

Lily mit sa tête à la portière et nous fit des signes de la main jusqu'à ce qu'elle nous eut perdus de vue. Je n'eus d'abord pas la moindre idée qu'ils ne dussent pas revenir, et, entendant le jardinier dire qu'ils étaient partis pour quelque chose de bon, il ne me vint pas à l'esprit que cela pût être un malheur pour nous. Mon maître et Lily sortaient souvent pour la journée et revenaient le soir. A l'heure ordinaire, j'attendis leur coup de sonnette et j'allai à leur rencontre vers la porte. Mais aucune cloche ne sonna; aucune voiture ne revint et je n'entendis le pas d'aucun cheval, quoique je prêtasse l'oreille jusqu'au moment où le jardinier, venant fermer pour la nuit, m'ordonna d'aller à la cour que c'était mon devoir de garder.

Le matin suivant, il y avait dans la maison un silence et une absence de mouvement étranges. Point de maître qui fit sa promenade du matin à travers champs! Point de Lily qui fût cueillir des fleurs avant déjeuner! Point de John pour ouvrir l'écurie et me laisser dire bonjour aux chevaux! Point de chevaux! mais dans l'écurie déserte un petit garçon qui nettoyait les mangeoires et les rateliers vides. Point de voitures! mais la remise pleine de vieux meubles et les volets fermés jusqu'en haut du grenier. Point de serviteurs dans la cour! Je me félicitais plutôt de ne pas rencontrer la femme de chambre de Lily, qui, chaque fois que je traversais son chemin pour courir au-devant de Lily, me tenait des discours impolis. Cette fille et moi n'avions jamais été bons amis depuis un certain jour où j'eus le malheur de secouer mon poil près d'elle au moment où je sortais de l'eau. Je dois avouer qu'en effet je mouillai et salis sa robe; mais je ne savais pas que cette eau pouvait faire tort à son vêtement, car elle n'en avait jamais fait au mien. Néanmoins elle n'aurait pas dû m'en vouloir pour toujours; si ce fût elle qui m'eût sali, je lui aurais depuis longtemps pardonné. Mais toutes les fois qu'elle me voyait, elle ne perdait jamais l'occasion de me dire quelque chose de mortifiant: «Hors de mon chemin, ne m'approche pas» Ou bien: «Allons, loin d'ici! Je m'étonne que miss Lily puisse souffrir une bête aussi incommode!»

Je m'étais tenu aussi éloigné d'elle que possible, et j'éprouvais maintenant une espèce de consolation à la sentir loin de moi.

Mais ce fut un triste jour. Au temps voulu, on appela la femme du jardinier pour me donner mon déjeuner, qu'elle posa à la porte de la cuisine. Le repas était convenable; car cette femme était d'un bon caractère et incapable de négliger la recommandation de Lily de prendre soin de moi. Je remuai la queue et la regardai en face pour la remercier; mais elle était déjà partie sans s'occuper davantage de moi. Elle avait fait son devoir en me donnant la nourriture qui m'était nécessaire; quant à mes sentiments, elle en faisait peu de cas. Combien je pensai en ce moment à ma gentille Lily et fis des vœux pour son agréable retour!

Après le déjeuner, je fis une excursion au jardin, pensant que j'aurais une chance de trouver quelque trace de ma maîtresse dans sa retraite de prédilection. La porte était fermée; mais, ayant entendu des pas, je grattai pour qu'on m'ouvrît; mais ce fut en vain, et mes hurlements n'aboutirent à rien. Lily, pensai-je, ne m'aurait pas fait attendre la moitié aussi longtemps. A la fin, le jardinier ayant jeté un coup d'œil par-dessus la porte : Oh! c'est toi, Capitaine, dit-il; je le pensais; tu feras mieux d'aller t'amuser en un lieu plus convenable pour toi; car je ne te laisserai plus promener dans mes plates-bandes.

Il ne prononça pas ces mots d'un ton dur, d'ailleurs j'avais souvent entendu Lily elle-même dire qu'il valait mieux que je n'entrasse pas dans le parterre; je ne pouvais donc pas raisonnablement me plaindre; mais je compris par ces paroles le changement qui s'était fait dans ma position; le cœur oppressé je m'éloignai de cette porte fermée, la queue entre les jambes.

J'avais l'intention d'aller dans le petit bateau me livrer paisiblement à mes réflexions ; mais, nouveau désappointement ! le port était aussi fermé, et je n'eus d'autre ressource que de sauter à l'eau et de nager jusqu'à la petite île où se trouvait un bosquet favori de ma jeune maîtresse.

Dans les beaux jours de l'été, elle s'y reposait à demi cachée sous un berceau de jasmin et de chèvre-feuille. C'est là que je me réfugiai, attiré en ce lieu par mille souvenirs qui se rattachaient à elle. Je sais à peine si je cherchais cette retraite dans l'espérance d'y trouver Lily, ou dans l'intention de pleurer son absence ; mais j'y allais en tous cas pour penser à elle. Hélas ! c'était tout ce que je pouvais faire !

Elle n'y était pas. Un de ses livres avait été oublié par terre ; je me couchai auprès et plaçai mes pattes sur le livre pour le garder, comme je l'avais fait si souvent autrefois. Je m'endormis dans cette position et devins pour quelques instants insensible au bonheur ou au malheur ; je m'éveillai bientôt en rêvant au dîner. Ce rêve-là pouvait se réaliser. Je me levai donc, et, m'étant secoué, je bâillai plus à mon aise que je ne l'avais fait le reste du jour.

En ôtant mes pattes de dessus le livre de ma jeune maîtresse, la pensée me vint qu'il serait bien de le rapporter à la maison, et ici se ranima de nouveau en moi l'espérance de l'y trouver revenue. N'était-ce pas la chose du monde la plus vraisemblable que Lily fût rentrée pour le dîner? N'était-ce pas, en général, l'habitude d'un chacun, et moi-même je revenais toujours pour dîner. Le livre dans ma bouche, je traversai l'eau. Peut-être n'arriva-t-il pas tout à fait sec; mais je l'apportai du moins à la maison, et le déposai devant le jardinier et sa femme, les seules personnes que je pusse trouver ici. « C'est très-bien, en vérité; je dois le reconnaître, dit le jardinier; cet animal muet a trouvé le livre de Mademoiselle, et l'a rapporté. Mademoiselle Lily aimerait à connaître ce fait. » Oh! elle avait toujours une si haute idée de cet animal, répliqua la femme, et pour l'amour d'elle, on ne le négligera pas. Voici ton dîner, Capitaine! Donnez-lui cet os, dit le jardinier; il les aime beaucoup.

Là-dessus, elle me donna un os délicieux, tout à fait à mon goût : absorbé par le plaisir de le retourner, de le sucer, de le ronger, j'oubliai un moment toutes mes angoisses et ne me souciai pas d'autre chose pour dîner. Je n'ai, en vérité, jamais compris pourquoi les gens s'inquiètent d'avoir autre chose à manger tant qu'ils ont un os à ronger; mais il est heureux, du reste, qu'il y ait des goûts divers dans le monde, et l'étrange préférence des hommes pour une nourriture différente est très-profitable à nous autres chiens; car elle nous laisse ainsi la possession non disputée des os dont nous ne jouirions pas si nos maîtres les aimaient autant que nous.

Mais le plaisir de ronger un os ne dure pas toujours, et parmi les plus nobles races d'animaux la *pensée* ne peut pas être entièrement remplacée par le manger. J'ai cependant entendu dire que des êtres humains gloutons se rabaissent parfois à la condition des porcs, uniquement destinés à s'engraisser; quant à moi, je ne voudrais pas me dégrader de la sorte; je me remis bientôt à méditer, à penser et à me livrer de nouveau à mes réflexions.

Ma vie devint maintenant de jour en jour plus triste. L'heure du dîner ramenait, il est vrai, ses os; mais les os ne suffirent bientôt plus pour me consoler. Le jardinier disait que c'en était fait de moi, et sa femme craignait aussi de me voir mourir de tristesse.

Tout le jour j'errais de côté et d'autre à la recherche de Lily, et le soir je me retirais dans mon chenil sous la triste impression qu'elle était à jamais perdue pour moi. Le jardinier lui-même m'invita un jour à entrer dans le parterre, espérant que j'y trouverais quelque distraction. Je parcourus toutes les allées gravelées, évitant avec soin de marcher sur les bordures; mais je n'y trouvai aucune trace de celle que j'avais perdue, et je ne me souciai plus d'y retourner une autre fois.

Un autre jour je pensai à visiter la maison; elle m'était tout ouverte. Il n'y avait plus maintenant de salon dont l'entrée me fût interdite, et je rôdai partout à ma fantaisie. Une porte était-elle fermée, j'avais beau gratter longtemps, personne ne venait l'ouvrir; une autre était-elle ouverte, je pouvais me promener dans toute la chambre, époussetant les boiseries avec ma queue sans que personne m'arrêtât. Il n'y avait plus de porcelaines dorées à renverser, et rien ne m'empêchait d'aller dans tous les sens suivant mon bon plaisir. Un temps fut où j'avais fort désiré la libre entrée de ces chambres; aujourd'hui, j'aurais accueilli avec plaisir la main amie qui me les eût fermées. En passant devant une grande glace, je fus frappé de mon air désolé et négligé. Autrefois il valait la peine de me regarder dans la glace; mais aujourd'hui, quelle différence! Le chagrin m'avait tellement changé que je fixais avec effroi ce spectre décharné, qui me regardait en retour de la même manière, et nous hurlâmes de compagnie, l'un contre l'autre.

Dans la chambre déserte, couché devant ce blême miroir, qui avait jusqu'ici refléchi tant d'images agréables et ne reflétait plus maintenant que ma triste et solitaire figure, je méditais silencieusement sur le passé. Dans un état à moitié éveillé, à moitié assoupi, les yeux alternativement ouverts ou fermés, tantôt se dirigeant vers le miroir, tantôt perdant momentanément la vue de toutes choses, les événements de ma vie semblaient passer devant moi comme un rêve, les personnes avec lesquelles j'avais été en rapport m'apparaissaient de nouveau comme des ombres, et moi, comme une autre ombre se glissant parmi elles, mais doué d'une faculté nouvelle qui me permettait d'observer ma conduite. Je me vis alors tel que les autres me voyaient, situation peu commune chez les chiens comme chez les hommes, et je repassai ma manière d'être dans toutes les dispositions d'esprit et aux diverses époques de ma vie. Je me vis d'abord un simple chichon dont on ne faisait nul cas. Le chichon grandit et devint un chien beau, bien élevé et certainement très-heureux dans sa condition. Puis un chien habile, bien dressé et utile; un chien patient; gentil et obéissant, quelquefois peut-être maladroit ou folâtre, mais ces défauts étaient excusables, car j'étais certainement brave, honnête et fidèle. Mais à la fin, je me considérai comme un chien jaloux et je m'arrêtai, saisi par l'étrange lumière dans laquelle ma conduite m'apparût alors. Combien j'avais été sot, déraisonnable et tracassier! Je compris pleinement à cette heure que ce que j'avais pris pour une dignité offensée et une affection blessée n'avait été en réalité que de l'orgueil ou de l'envie; que loin d'avoir aucun motif de me plaindre, j'avais par mon mauvais caractère justement offensé mes meilleurs amis, et à l'heure même où je me croyais si haut placé dans l'estime de Lily, j'avais étourdiment couru le risque de la perdre. Heureusement cette punition, quoique bien méritée, m'avait été épargnée. L'amitié de Lily ne m'avait jamais fait défaut. Elle avait ou excusé mes fautes, ou feint de ne pas les apercevoir, et nous nous étions séparés dans les meilleurs termes possibles.

Maintenant je jugeais plus sainement des choses, je m'impatientai contre moi-même et ne me pardonnai pas d'avoir cru que je serais plus heureux si j'avais vu Lily renoncer à son chat. Heureux, ai-je dit! Il n'y avait maintenant plus aucune chance que je fusse troublé par sa vue, et cependant j'étais misérable!!

Ah! j'aurais volontiers tendu la patte à tous les chats, grands ou petits que j'aurais vu venir de Saint-Yvès, et j'aurais de grand cœur cherché à terminer le différend qui existait entre les chats de

Kilderry, qui se dévoraient les uns les autres, j'aurais tout accepté pour voir encore une fois Lily, même si elle eût voulu caresser tous les habitants du pays des chats.

Mais il était trop tard, mes regrets étaient inutiles et la seule chose qui me restait maintenant à faire était de consacrer le reste de mes jours à déplorer mes chagrins et mes fautes; mais avant de me dévouer tout à fait à ce genre de vie, je jetai un coup-d'œil dans la glace à mon image, qui fit de même: je la vis, employant tout son temps à faire la moue, sans montrer le moindre repentir de sa mauvaise conduite, sans faire le moindre effort pour se comporter mieux; je la vis entièrement inutile, sombre et désagréable, en un mot plus maussade et plus sotte que jamais.

Non, me dis-je en me relevant et en me secouant vivement, je ne veux pas que cette douloureuse expérience ait été vaine pour moi; il faut en faire un bon usage; je ne puis rappeler le passé, mais j'agirai différemment désormais, et me couchant de nouveau, je me mis à faire les plus beaux plans pour l'avenir.

Mais les événements futurs ne projetèrent leur ombre ni dans la glace, ni dans mes rêves. Je ne savais rien encore de ce que je pourrais, voudrais ou devrais faire. J'avais perdu le passé, l'avenir ne m'appartenait pas; que me restait-il à faire? Il ne s'offrirait peut-être plus aucune occasion désormais de me bien comporter, pensai-je tristement....

J'étais près de tomber dans le désespoir, lorsque je fus tout à coup arraché à mes rêveries par un son jadis odieux à mes oreilles. Je me levai aussitôt sur mes pattes de devant et j'écoutai. Je ne m'étais pas trompé et je l'entendis encore. C'était ce léger et timide miaulement qui se perdait dans le lointain, puis résonnait de nouveau comme s'il provenait de l'ombre d'un chat. Mais tout faible et insaisissable qu'il fût, je le reconnus bientôt; il me rappela à la réalité et le chemin que je devais suivre m'apparut clairement tracé devant moi. Le présent, le moment *présent* était à moi, je pouvais seulement prendre conseil du passé, espérer dans l'avenir; mais pour le présent je devais *agir.*

Je n'avais qu'à saisir chaque occasion quand elle s'offrait et il n'était pas à craindre que les occasions ne manquassent. En voici une ici, toute prête devant moi. Au lieu de tourmenter ce chat qui était là en ma puissance, je devais avec magnanimité protéger sa vie. Je devais faire davantage encore, il fallait lui donner à entendre qu'il n'avait plus rien à craindre de moi. Pour lui démontrer mieux cette bonne intention, je me mis à parcourir la chambre à sa recherche.

Je l'eus bientôt découvert, perché sur le haut d'une bibliothèque et n'osant pas descendre à cause de la crainte que je lui inspirais. Lui aussi était changé par les derniers événements, quoiqu'à un moindre degré que moi.

Il avait l'air abandonné et misérable, mais sa tenue n'était ni sauvage, ni sale, ni en désordre. Le soin de sa toilette qui l'avait caractérisé dans des jours meilleurs, n'avait pas été négligé et le rendait même dans l'infortune, propre et bien tourné. Le ruban bleu qui entourait son cou était, il est vrai, un peu fané, mais sous tous les autres rapports, il était aussi net et bien peigné que Lily elle-même. On pouvait juger à son apparence que bien loin de rester à s'abêtir dans la saleté, il s'était soigneusement léché chaque jour.

Lily et le petit chat avaient toujours eu quelque rapport quant à la propreté. Je m'étais parfois imaginé que Lily devait, elle aussi se lécher de tous les côtés pour se donner cette apparence si propre que je lui connaissais; mais en y réfléchissant davantage, j'eus des raisons de croire qu'elle atteignait d'ordinaire ce but en se plongeant dans l'eau froide, ce qui ressemblait davantage à ma propre manière de faire.

Mais pour en revenir à notre chat, il était là, devant moi, dans l'attitude de la frayeur; ses

Lith. de Ve Berger-Levrault & fils, à Strasbg

jambes étirées, sa queue dressée, son dos courbé, essayant de prendre la meilleure position possible de défense, mais évidemment persuadé que tout cela ne servait à rien. Il miaulait plus fort à chaque pas que je faisais en avant; cependant si j'avais été disposé à l'attaquer, il était bien à l'abri sur le haut de la bibliothèque, mais il l'ignorait. Dans son inexpérience, il se figurait que j'étais capable de sauter comme lui par-dessus tous les obstacles, et s'attendait à chaque instant que je grimpasse sur la couronne de chêne, et que le saisissant dans ma bouche, je m'élancerais à terre pour le dévorer comme il l'eût fait d'une souris.

Il se mit à courir de côté et d'autre de la bibliothèque, miaulant piteusement à chaque tour. Je compris son langage; il signifiait : Hélas! que vais-je devenir? *miaou! miaou!* Je vous prie, Monsieur le chien, ayez pitié d'un infortuné chat, *miaou, miaou.* Si vous voulez me laisser partir encore cette fois, je me tiendrai, tout le reste de ma vie hors de la vue de votre Seigneurie, *miaou, miaou.* En vérité, je n'avais pas la moindre intention d'importuner votre Altesse, et je croyais que votre Majesté était à l'écurie. Je voudrais être moi-même dans la charbonnière. Oh! oh! je vous prie, *miaou, miaou!*

Ce manége dura assez longtemps, car il était

trop troublé pour remarquer les encouragements et la condescendance que je mettais dans mes manières et mon attitude. Je m'assis en face de la bibliothèque, et inclinant ma tête de côté, je le regardai avec une expression douce et bienveillante qui me semblait devoir rassurer l'esprit le plus craintif. Ceci eut pourtant quelque effet. Pussy cessa de courir de côté et d'autre, et s'arrêta vis-à-vis de moi, son œil jaune fixé sur le mien. Je lui rendis ce regard et remuai la queue. Il abaissa la sienne qu'il avait tenue en l'air jusqu'alors comme celle d'un paon, et la réduisit à sa dimension naturelle. Après nous être ainsi observés quelque temps, nous commençâmes à nous comprendre, et les miaulements de Pussy changèrent de nature, et sa voix prit un ton plus satisfaisant pour moi.

Quoique chaque animal fasse usage d'un dialecte qui lui est propre, et quelque différents que paraissent à l'homme ces dialectes divers, comme l'aboiement du chien, le miaulement du chat, le beuglement du taureau, etc., cependant tous ont une manière générale de s'exprimer qui leur est commune, en sorte que tous peuvent se comprendre et être compris l'un de l'autre. La raison en est que le langage universel est celui du sentiment, qui est le même pour tous, et peut être manifesté par les sons les moins articulés : Des gémissements, des murmures, des soupirs, des plaintes, des grognements sont suffisants pour exprimer ce que nous autres chiens sentons; quant à nos pensées, nous devons les renfermer en nous-mêmes; car un simple son ne peut les rendre intelligibles sans la parole, et celle-ci, nous le savons, appartient à l'homme seul. En fait, je suppose que c'est ce pouvoir de penser et de parler qui le fait notre maître; sans cela, je ne suis pas du tout sûr qu'il aurait eu cette supériorité sur nous, car nous sommes souvent plus forts que lui. Mais un homme peut toujours savoir ce qu'il veut faire, et ses motifs pour le faire, il peut les communiquer aux autres et les consulter, ce qui naturellement lui donne un immense avantage sur nous qui n'agissons que par l'impulsion du moment, sans savoir si nous faisons bien ou mal.

Une amicale disposition, voilà tout ce que Pussy et moi voulions exprimer à cette heure, et cela est toujours facile à témoigner, avec ou sans paroles.

Je répondis à ses miaulements variés par de faibles aboiements enjoués et d'agréables petits murmures, jusqu'à ce qu'enfin il cessa franchement de miauler et commença à faire le rouet.

Très-enchanté des succès que j'avais obtenus jusqu'ici, je me couchai maintenant, étendant mes pattes de devant de toute leur longueur et étirant ma queue qui époussetait le plancher en demi-cercle derrière moi. Puis je bâillai d'une manière amicale et finalement j'appuyai la tête sur mes pattes et demeurai ainsi en repos, veillant tranquillement mon petit protégé dans l'espérance de l'attirer hors de sa forteresse.

Cette attitude insinuante acheva de le décider. Il plaça gentiment d'abord une de ses pattes blanches, et puis l'autre sur les ornements avancés de la bibliothèque, mit un pied sur le lion et l'autre sur la lionne, et sans se heurter lui-même, ni heurter les délicates sculptures qu'il prenait pour escalier, il descendit sans accident, et arriva sain et sauf à ma portée.

Alors il miaula de nouveau, mais ce fut sa dernière expression de doute ou de crainte. Je le rassurai bientôt, et ce moment fut le premier d'une confiance et d'une intimité qui se rencontre rarement entre nos races si dissemblables.

Nous eûmes alors à notre manière une longue conversation pendant laquelle nous nous mîmes joliment au courant de nos dispositions mutuelles, et bientôt après nous descendîmes ensemble l'escalier dans les sentiments de la plus étroite amitié, moi marchant gravement pas à pas, en regardant avec bienveillance les gambades du petit Pussy, qui maintenant, très-animé, ne pensait nullement à descendre régulièrement les marches, mais grimpait par-dessus les barrières, ou suspendu par les griffes à la balustrade, se retournait instantanément lorsqu'il était près de tomber la tête en bas dans le vestibule; enfin, il se livrait à mille tours et extravagances de ce genre, auxquels j'aurais fait peu d'attention autrefois, les regardant plutôt comme une dépense inutile de temps et de force, mais maintenant voyant que cela lui faisait du bien et du plaisir, je le regardais faire d'un air d'approbation.

Je n'oublierai jamais la surprise qu'exprima la femme du jardinier lorsqu'elle vit Pussy et moi entrer côte à côte dans la cuisine. Elle s'écria comme si nous eussions été un couple de bêtes sauvages.

Oh! dit-elle, voilà ce pauvre chat juste sous le nez du capitaine! Ce sera sa mort; que dois-je faire?

Elle saisit un balai et le mit entre nous, prêt à me battre si je m'aventurais à attaquer le chat. Mais je remuai ma queue, et Pussy sauta par-dessus le manche du balai.

Bien! mais en vérité, dit la jardinière, vit-on jamais une chose semblable?

Elle plaça ensuite un plat de lait à terre; je me couchai tranquillement, laissant Pussy boire tout à son aise. Pussy lui-même en parut étonné, hésita avant de commencer, ne sachant pas exactement ce qu'il devait faire. En effet, je ne pouvais guère attendre qu'il comprît l'étiquette dans une circonstance si peu habituelle; mais étant doué d'un grand tact, il s'aperçut bientôt que je désirais qu'il continuât tout simplement son repas. Il recommença donc à laper quoiqu'il tournât les yeux de mon côté après deux ou trois gorgées pour s'assurer qu'il ne prenait pas une trop grande liberté. Mais ne trouvant chez moi que des encouragements, il termina son repas à sa grande satisfaction; puis nous nous couchâmes tous deux près du foyer, comme si nous eussions été bons amis toute notre vie.

Très-bien, vraiment! s'écria de nouveau la femme du jardinier! c'était sa phrase favorite; elle ne s'en lassait jamais et n'avait guère d'autre chose à dire; mais je compris ce que cela signifiait, et en conséquence je me laissai aller à un confortable sommeil.

Peu après vint le dîner et ce fut un agréable petit repas. Au lieu de m'enfuir à la cuisine pour le manger dans la solitude, je jouis infiniment d'avoir un compagnon. Mon grand plat de bois était comme d'ordinaire dans la cour, et celui de Pussy dans un coin de la cuisine; mais par un consentement mutuel, nous commençâmes à transporter nos os respectifs sur le gazon pour les manger de compagnie. La femme du jardinier nous voyant agir de la sorte, prit nos plats et les plaça à côté l'un de l'autre en dehors de la porte, et notre repas se termina de la façon la plus cordiale.

Les temps avaient bien changé; mais je n'ai pas besoin de donner un récit détaillé de notre vie de chaque jour; il suffit de dire que la bonne intelligence entre Pussy et moi continua de croître jusqu'à ce qu'elle se transformât dans la plus chaude amitié.

Quelque dissemblance qu'il y eût entre moi et mon compagnon, je lui fus bientôt plus attaché que je ne l'avais jamais été à aucun individu de ma propre espèce, et quoique, par nature, mes habitudes fussent tout à fait différentes, nous apprîmes à nous comprendre, et même bientôt nous trouvâmes du plaisir à nous passer mutuellement nos petites singularités.

Je confesse que ce ne fut pas l'affaire d'un moment et qu'au début j'étais souvent choqué des inconséquences de Pussy. Il était si raffiné dans sa propreté qu'une simple tache de boue sur sa robe blanche le rendait tout à fait malheureux. Il était si délicat qu'il ne pouvait souffrir de se mouiller les pieds, si modeste qu'il ne tolérait pas qu'on le regardât manger, tandis que je le voyais quelquefois s'élancer dans le trou le plus sale à la poursuite d'une souris et dévorer cet animal immonde avec une satisfaction qui répugnait à un chien de chasse bien élevé, comme moi.

J'aurais désiré l'élever dans les sentiments et les habitudes plus nobles de ma race, mais je dus absolument renoncer à ces réformes. Si je sortais promener avec lui et j'essayais de le convaincre du plaisir fortifiant qu'il y avait à nager dans l'étang, il écoutait poliment; mais en dépit de tous mes arguments, lorsque nous arrivions sur le bord de l'eau et que j'y faisais un plongeon, je ne pouvais jamais le décider à me suivre. Il restait sur le bord, miaulant et frémissant, sans oser même mouiller ses pattes. Si je blâmais ses repas de souris, il me répondait que c'était sa nourriture naturelle; je lui cédais ce point et dus en faire autant sur tous les autres.

La petite créature avait en général une réponse toujours prête; ce qui était particulièrement provoquant pour quelqu'un comme moi, peu habitué à la contradiction, elle discutait souvent des points sur lesquels j'avais cru qu'il ne pouvait y avoir qu'une seule opinion. Si j'essayais de le stimuler à imiter les usages de nous autres chiens, il mettait en question si ma race était vraiment plus noble que la sienne, car le lion était le chef de son espèce, disait-il, et me défiait de lui montrer son égal. Ceci était d'autant plus irritant, que je ne pouvais pas y répondre et je m'admirais pour ma modération, car j'étais souvent tenté de donner à Pussy une bonne secouée.... Heureusement je compris que disputer avec des personnes qui ont raison, ne leur donne pas tort, et que les battre n'est pas le moyen de les faire changer d'avis. Ainsi je gardai le silence et me persuadai que je le faisais par indulgence.

Après tout, le petit chat avait reçu une éducation tout à fait conforme à son caractère et à ses circonstances. Lily en avait fait son compagnon à l'intérieur, comme moi je l'étais au dehors; elle avait pris beaucoup de peine pour cultiver ses talents naturels; aussi les manières de Pussy étaient accomplies. Il était impossible d'être plus gentil, gracieux et affable qu'il ne l'était. Toujours sous la main, mais jamais importun; rapide à observer, mais lent à agir; actif et prêt à faire son devoir, mais tranquille; réservé lorsqu'il n'était pas obligé de se mettre en avant; d'une disposition affectueuse et régulière dans ses habitudes : c'était en un mot un caractère tout à fait féminin et domestique.

Il avait ses idées à lui quant à ma personne, qu'il me communiqua lorsque nous fûmes suffisamment intimes pour qu'il osât me parler ouvertement. Peut-être ne m'admirait-il pas tout à fait autant que je m'admirais moi-même, et peut-être avait-il raison — qui sait? J'ai entendu dire que parmi les personnes aussi, ceux qui observent sont les meilleurs juges du mérite des autres. Pussy rendait pleine justice à ma force et à mon courage et applaudissait à la manière hardie dont je me jetais sur un ennemi sans avoir égard à sa taille ou à sa position au lieu de courir dans un coin et de lui faire le gros dos. Il admettait sans hésiter que ma manière de faire était la meilleure; mais il me suggérait que peut-être je ferais aussi bien d'être moins prompt à attaquer d'autres chiens avant qu'ils m'eussent fait quelque offense. Il me disait encore qu'il ne lui semblait pas nécessaire de supposer que toute personne qui venait à la maison dût avoir de mauvaises intentions. En somme, il me donnait à entendre que si c'était une chose bonne que d'être brave, c'en était une mauvaise que d'être querelleur.

Quant à mon extérieur, Pussy reconnaissait que j'étais plus grand et plus beau que lui et que mon manteau rude et velu était loin d'être malséant; mais lorsque je me moquais de cette propreté minutieuse et que j'appelais affectation, sa crainte de souffrir la moindre tache sur sa blanche fourrure, il me rappelait que c'était précisément cette propreté dont je faisais si peu de cas qui lui avait valu la libre entrée au salon de Lily, tandis qu'avec toutes mes bonnes qualités, il ne m'était jamais permis de monter dans sa chambre.

J'avais toujours estimé qu'il y avait quelque chose de digne à marcher sans m'inquiéter de ce qui se trouvait sur mon passage, et si je jetais quelque chose par terre, je supposais toujours que c'était la faute de cette chose même et non la mienne. Un jour, entre autres, j'avais entraîné avec ma queue et jeté à terre tout un plateau de vaisselle, et lorsque je fus grondé de ce méfait, il me sembla que c'était une excuse tout à fait suffisante de me dire à moi-même que je ne l'avais pas fait à dessein; à quoi bon faire tant de bruit pour cela, pensai-je. Mais je vis clairement plus tard que le soin qu'apportait Pussy à éviter d'être cause de quelque accident, était tout à la fois plus agréable aux autres et plus avantageux pour lui-même.

Ainsi la femme du jardinier me renvoyait dehors exposé au froid pendant qu'elle lavait la porcelaine, tandis que Pussy pouvait, durant ce temps, se promener sur la table, et posait les pattes avec tant de précaution parmi les tasses et les soucoupes, qu'il n'y avait aucun danger que rien fût brisé. Souvent aussi il se promenait sur les rebords du dressoir sans déranger une seule assiette. Et tandis que je méprisais Pussy pour sa chasse aux souris, j'entendais la femme du jardinier lui donner les plus grands éloges pour sa dextérité à les prendre, et je fus bien surpris en découvrant que c'était précisément dans ce but qu'on le gardait à la maison.

Ainsi, avec le temps, nous apprîmes à nous mieux comprendre et notre intimité eut le mérite de nous enseigner à être moins étroits dans notre appréciation réciproque et dans celle des choses en général.

Je découvris encore qu'il n'était pas nécessaire pour chacun d'être exactement semblable à un autre; que des chats, des chiens et peut-être des hommes et des femmes avaient le droit de garder chacun leur propre caractère; que l'on devait être accommodant, savoir céder les uns aux autres et que nul n'avait droit d'imposer à autrui sa propre manière d'agir. Pussy apprit aussi et m'enseigna une autre leçon; c'est que chacun est supérieur à un autre en quelque chose, en sorte qu'il n'est personne qui ne puisse tirer quelque profit de prendre modèle sur un autre; c'est-à-dire en regardant et en imitant ses bonnes qualités, au lieu d'éplucher ses défauts et de s'en plaindre constamment.

Nos jours s'écoulaient ainsi heureusement et insensiblement. Il survint peu de changement dans notre manière de vivre, bien que Pussy, de petit minon qu'il était d'abord, devînt un chat grand et raisonnable qui cessa de courir après sa queue, de grimper sur les barrières et qui finit par monter les escaliers aussi gravement que moi. Sous d'autres points de vue nos rapports restèrent les mêmes:

j'étais son patron et son protecteur, lui mon ami et mon compagnon, tous deux partageant le même chenil, mangeant au même plat, et d'ennemis mortels que nous étions, devenus des amis sincères, qui cherchaient à se rendre mutuellement la vie douce et agréable.

Un jour que nous étions étendus au soleil, les yeux à demi fermés et que Pussy filait agréablement, j'entendis un bruit lointain de roues. Croyant que c'était la charrette du boulanger, je me levai et courus selon mon habitude vers la porte pour lui voir donner le pain; mais longtemps avant que le véhicule fût en vue, mon odorat m'avertit que ce n'était pas la charrette du boulanger. A mesure qu'elle approchait, je sentis en moi une agitation extraordinaire d'anciens souvenirs; et certaines associations d'idées m'assaillirent avec une extrême vivacité, et mon impatience alla en croissant jusqu'à ce que la voiture s'arrêta devant la porte. Mon émotion fut bientôt expliquée quand je vis sur le siége mon vieil ami John, et sortir de la voiture mon maître lui-même.

Quel fut mon ravissement! Dans ma joie je me mis à pleurer et à gambader dans la cour. Pussy assis sur la fenêtre regardait avec étonnement mes transports, et quand il eut compris ce qui se passait, il fut aussi très-content de voir notre maître, mais il exprima son plaisir d'une façon plus modérée que moi.

Mon maître et John firent à tous un accueil cordial, mais il me parurent très-affairés et passèrent le reste du jour à aller et venir dans la cour en donnant un grand nombre d'ordres. Je les suivais pas à pas, heureux d'être de nouveau dans leur société. Le jardinier et sa femme les questionnèrent beaucoup sur Lily, comme je l'aurais fait moi-même, si je l'avais pu; j'écoutais avidement les réponses de mon maître, quoique plusieurs d'entre elles me causassent un grand étonnement. Il dit entre autres que Lily était tout à fait bien et très-heureuse, mais que son absence le rendait lui-même fort triste!

Je puis comprendre cela, pensai-je en le regardant avec sympathie. Je crois qu'il me comprit, car il caressa ma tête en disant: Pauvre Capitaine, elle t'aimait beaucoup!

Le jardinier et sa femme dirent qu'ils avaient été bien heureux d'entendre ces nouvelles, car si quelqu'un méritait de la posséder, c'était bien Sir Rodolphe, à quoi mon maître répondit que cela était vrai et qu'il ne devait pas se plaindre de la lui avoir donnée.

Quoique je ne puisse pas exactement me rendre compte de l'histoire de Lily, cependant en en causant avec Pussy et mettant ensemble ce que j'avais entendu dire à mon maître dans le jardin avec ce que John avait raconté dans la cuisine, nous en vînmes à conclure que Lily avait été vivre à quelque distance dans une demeure qui lui appartenait en propre, que l'excellent frère aîné de Craven lui tenait compagnie et que cet arrangement plaisait beaucoup au père de Lily, quoiqu'il fût par là privé de sa société. Cela parut à Pussy et à moi une singulière affaire et pendant que mon compagnon faisait le rouet, nous continuâmes chacun nos réflexions sur ce sujet. Pussy avouait ne pas comprendre qu'une personne quittât la maison où elle était née. Ma manière de voir était plus large. Je pouvais me représenter que je serais heureux en quelque lieu que ce fût, pourvu que mes amis y fussent avec moi ; mais la séparation entre amis me paraissait un procédé contre nature. Cependant John avait distinctement articulé que le père de Lily était très-satisfait : de là nous conclûmes que les êtres humains étaient doués de plus de force que nous, pour supporter le changement et pour être heureux et contents dans quelques circonstances que ce fût ; car nous n'avions aucun doute que Lily ne fût heureuse et utile partout où elle se trouvait. Je me serais plus facilement cru capable d'encourager les voleurs, ou Pussy de négliger les souris, que de me représenter Lily jamais oisive ou de mauvaise humeur.

Dans le courant du jour suivant John amena la voiture devant la porte et m'engagea à faire un tour avec lui. Très-flatté de sa proposition je grimpai sur les coussins et restai assis à ses côtés aussi ferme que je le pus, bien que le mouvement ne fût pas fort de mon goût. A plusieurs reprises je ne pus résister à l'envie de descendre pour courir à côté des chevaux ; mais John me gronda ; il me permit seulement une courte promenade, tandis qu'on gravissait quelque colline escarpée.

Je n'avais pas oublié d'adresser en partant un petit aboiement amical à Pussy en signe d'adieu. Car il était venu nous voir partir, bien que dans son humilité il s'attendît peu qu'on lui proposât de se joindre à nous. Je ne doutais pas cependant que nous ne fussions de retour dans une heure ou deux, et que je n'eusse le plaisir de lui raconter mes aventures du matin. Cependant nous avancions par monts et par vaux traversant des villages étrangers, parcourant un pays inconnu et allant toujours toujours plus loin sans que John donnât le signal du retour. Enfin nous arrêtâmes devant une auberge où mon maître dîna. J'accompagnai John à l'écurie ; je le vis donner l'avoine aux chevaux, puis je le suivis à la cuisine, où il prit son repas et me donna le mien.

Après cela on remonta en voiture. Je crus pour cette fois que nous allions retourner à la maison; mais pas du tout: nous continuâmes à aller droit devant nous sur des routes entièrement nouvelles, jusqu'après le coucher du soleil; la nuit était tellement obscure que je ne pouvais distinguer le pays que nous traversions, et cependant il n'était pas question de retour. John arrêta la voiture, alluma les lanternes et de nouveau l'on roula avec rapidité sur cette route inconnue. Fatigué de voyager dans une fausse direction, et sans en comprendre le but, je m'enveloppai de ma queue, et couché aux pieds de John, je fis un long sommeil. Lorsque je m'éveillai, je me trouvai au milieu d'une scène qui m'était entièrement étrangère; nous traversions les rues d'une ville. Je me levai et tournai la tête de côté et d'autre, abasourdi par le contraste entre un tel lieu et les villages de la contrée où j'avais passé ma vie.

— Ah! tu peux regarder, dit John, tu n'es pas le seul qui n'a pas su ce que c'était que Londres!

Le bruit et la confusion étaient étonnants. Quoiqu'à cette heure tardive chacun eût dû être endormi dans son chenil, les innombrables lumières qu'on voyait briller dans toutes les maisons rendaient la nuit aussi claire que le jour. Les rues fourmillaient de peuple; à chaque instant nous rencontrions des femmes, des hommes, des voitures, des chevaux et même des chiens et des chats. Je supposai que les êtres qui habitaient cette ville étaient des espèces de barbares qui sortaient la nuit comme les bêtes sauvages, et j'essayai d'aboyer pour leur faire peur et les faire rentrer dans leurs tanières; mais ce fut sans effet et John m'ordonna de demeurer tranquille. Je m'aperçus bientôt que ç'aurait été une entreprise impraticable que d'aboyer ainsi à tous ceux qui passaient. Leur nombre égalait celui des feuilles d'automne qui, par un gros vent, tombaient des arbres le long de notre avenue, et je m'imaginais que le lendemain je les trouverais tous balayés et entassés au bord de la route.

A la fin nous nous arrêtâmes devant une porte et ce fut avec joie que je reçus l'ordre de sauter à bas et d'entrer dans la maison. Je ne fus pas moins réjoui par le bon souper qu'on plaça devant moi. J'étais trop fatigué pour m'inquiéter du lieu où j'étais, ou pour faire et penser à autre chose ce soir qu'à aller me coucher, ce dont je m'acquittai à merveille après mon long voyage.

Le jour suivant, rendu à moi-même, je me levai de bonne heure pour explorer les lieux. Ce que je vis d'abord ne fut pas très de mon goût. Je n'admirai pas mon chenil, il était décidément triste, placé dans une étroite petite cour entourée de hautes murailles. Là, ni arbres, ni rivière, ni jardin, rien à voir qu'un morceau carré de ciel au-dessus de murs; rien à entendre qu'un bruit continuel et sourd au dehors. Je fus bientôt las de regarder les nuages et de me promener dans cette petite cour; et aussitôt que la maison fut ouverte, je trouvai le chemin de la porte d'entrée. Ici je ne pouvais certainement plus me plaindre de la tristesse du lieu. Si Londres m'avait paru bruyant la veille pendant la nuit, qu'était-ce maintenant au grand jour et lorsque le soleil éclairait en plein ses innombrables passagers! Je pouvais à peine me contenir au milieu de l'excitation produite par un mouvement si incessant.

A mon grand désappointement, John vint bientôt m'appeler, craignant que je ne m'égarasse loin de la maison et que je ne fusse ou perdu ou volé. Naturellement j'obéis aussitôt, mais il s'aperçut de mon chagrin, car il me montra avec bonté un guichet sous la fenêtre de la cour où je pourrais rester assis et étudier à loisir les mœurs de Londres. Il me semblait que je ne serais jamais las de regarder au dehors par cette fenêtre. L'aspect était si nouveau et si plein de charmes qu'il me réconcilia tout de suite avec ma situation présente, et même avec le temps que je devais nécessairement passer dans mon vilain chenil. La vérité est que je préférais ce nouveau séjour à celui du manoir. Dans le temps même où mon maître et Lily vivaient avec moi, nous étions souvent livrés à nous-mêmes. Tout au plus si dans le courant de la journée, et de loin en loin on voyait passer un petit nombre de piétons et quelques charrettes, et à peine une fois par semaine une voiture et des chevaux. Les visiteurs, quand il en venait, restaient chez nous quelques heures, de manière que j'avais amplement le temps de m'initier à leurs caractères ainsi qu'à ceux de leurs chevaux et de leurs chiens. Ceux que je connaissais, je les connaissais à fond, et nonobstant les remarques de Pussy sur les jugements précipités, je doute d'avoir jamais été en danger de prendre un honnête homme pour un voleur; mais si mon ancienne demeure était plus favorable au calme et à la réflexion, celle-ci avait certainement l'avantage de l'amusement et de la variété.

Ici le temps me manquait pour étudier les caractères, et il n'était pas question de rien faire avec loisir. J'avais à peine jeté un coup d'œil sur quelqu'un qu'il était déjà bien loin. Si je fermais les yeux un instant, quelque chose d'intéressant échappait à ma vue. Il ne fallait pas songer à dormir paisiblement. Le flot des allants et des venants coulait toujours. Nul ne restait immobile, et nul ne se retournait en marchant; personne n'allait et venait tranquillement, comme mon maître et les visiteurs le faisaient quand ils étaient sur la terrasse et que j'observais leurs manières : ici, aussitôt que l'un avait passé, sa place était prise par un autre. Je demeurai là, regardant, des heures entières, et m'attendant qu'un moment ou l'autre ils auraient tous passé et que la rue serait enfin livrée au silence et à moi. Mais rien de la sorte n'arrivait jamais ; ils allaient toujours, et toujours se croisant les uns les autres dans toutes les directions, et pour autant qui passaient outre, il y en avait deux fois plus qui allaient venir.

Peu à peu je fus moins étourdi de ce mouvement, et je sortis avec mon maître et John jusqu'à ce que j'eus obtenu suffisamment la connaissance des rues pour qu'on me permît de sortir seul, et que je susse retrouver sûrement le chemin de notre demeure.

Le soin de la maison me fut de nouveau dévolu : ce fut une charge et une responsabilité plus grande que celle qui reposait sur moi au manoir, vu l'immense variété de caractères que j'étais obligé de discerner à Londres. Quant à la séduction, j'étais aussi incorruptible à la ville qu'à la campagne ; mais je sentis la nécessité d'aiguiser mes facultés d'observation, afin d'être à la hauteur de mes nouveaux devoirs. Il m'arrivait quelquefois de distinguer dans la foule un individu suspect, de le suivre à travers deux ou trois rues, jusqu'à ce que j'eusse flairé à fond son caractère, et, avant qu'il fût longtemps, j'avais appris à discerner si rapidement et exactement tout ce qu'il m'était nécessaire de savoir, que John lui-même était prêt à soumettre son jugement au mien. J'apprenais à connaître mon homme et à lui apprendre à me connaître aussi; et il aurait fallu être un voleur bien hardi pour faire une tentative sur notre maison.

J'avoue que bientôt je jouis si complétement de Londres et de ses habitudes que le désir de retrouver la monotonie du manoir m'abandonna tout à fait. Mais, si cette vie me plaisait, que personne cependant ne me fasse l'injure d'imaginer que les charmes de la nouveauté ou le goût de mes occupations aient pu jamais bannir de ma mémoire le cher petit compagnon qui m'avait rendu si heureux là-bas. Je n'oubliai jamais mon Pussy, bien que momentanément j'aie pu paraître d'abord me passer de lui. Mais, dès les premiers jours de mon arrivée à Londres, je m'attendais constamment à le voir arriver. Je considérais comme certain qu'on l'amènerait à Londres, comme l'on m'y avait amené moi-même; et chaque soir, à l'heure de notre propre arrivée, j'allais à la porte de la cour, et, assis sur la natte, attendre patiemment pendant un temps considérable, croyant à chaque instant qu'une voiture allait s'y arrêter, et que je serais le premier à souhaiter la bien-venue à mon ami.

Mais les jours et les jours se passèrent sans réaliser mon espoir ; des chats en grand nombre grimpaient sur le toit de la maison ou se dessinaient sur le ciel depuis le haut du mur ; mais ils étaient grossiers et méchants, relevant le dos ou grommelant, si je m'avisais de les regarder. Je n'avais aucun désir de faire leur connaissance ; car il n'y avait qu'un chat au monde dont je me souciasse. Mon affection était pour l'individu et non pour sa race. Les chiens abondaient dans le voisinage, et parmi eux plusieurs étaient des animaux intelligents et cultivés, avec lesquels je pouvais être en termes agréables d'aboiements. Mais l'amitié ne vient pas en un jour, et ces nouvelles connaissances ne compensaient pas le vide que me laissait Pussy.

Enfin je me lassai de veiller et d'attendre en vain. Je cessai de me tenir à la porte ; je passai mes soirées à penser à Pussy, quelquefois près du feu de la cuisine, quelquefois dans le cabinet de mon maître, couché sur la moquette à ses pieds. Mais plus je pensais à lui, plus il me manquait, au point que j'en perdis l'esprit. Je ne me souciais plus de mes repas sans Pussy pour les partager ; je cessai même de gronder et ne pris plus de plaisir à aboyer.

En un mot, je soupirai après lui et tombai dans un état de véritable langueur, comme je l'avais fait pour Lily. John et mon maître se demandaient l'un l'autre chaque jour ce qui pouvait en être la cause.

Enfin, me trouvant dans l'impossibilité de supporter plus longtemps une pareille vie, je commençai à examiner si je ne pouvais pas y apporter quelque remède. Je savais que, lorsqu'une chose déplaisait à mon maître, il ne restait pas à rêver sur la moquette, mais qu'il travaillait ferme pour y remédier. Plus j'y pensais, plus je me convainquais que d'y penser simplement ne suffisait pas, et qu'il fallait me mettre à l'œuvre et m'aider moi-même. Je pris donc ma résolution, et déterminé à tout risquer plutôt que de demeurer dans cette voie désespérante avec un cœur chagrin.

Mais comment faire? Comment étais-je venu donc moi-même ici? On a essayé de m'amener ici et l'on a réussi; pourquoi donc n'essaierais-je pas d'amener Pussy? Il est vrai que je pourrais ne pas réussir; car je ne me dissimulais pas les difficultés de l'entreprise; mais quelle grande entreprise s'accomplit jamais sans péril ou sans difficulté? En tout cas, il valait la peine d'essayer, et, si je réussissais, Pussy était bien digne de tout ce que je ferais pour lui. Ainsi, puisqu'il ne voulait pas venir, c'était à moi à l'aller chercher. Ceci une fois décidé, il devenait évident que plus tôt je partirais, mieux ce serait; car la route ne m'était pas familière; il importait que je fisse ce voyage avant que toute trace du précédent fût effacée de ma mémoire. Nous n'avions pas jusqu'ici séjourné assez longtemps à Londres pour que je ne pusse espérer de reconnaître les objets variés de la route et ses principaux détours. J'avais, il est vrai, dormi une partie du voyage; mais j'espérais que mon odorat viendrait à mon aide, si le sens de la vue me faisait défaut.

Et ici je considérais avec satisfaction quel avantage j'avais sur mon maître, en voyage. D'abord, combien mon nez était meilleur! Le sien, placé en haut et éloigné du sol, devait lui être de peu d'usage, et, s'il n'avait pas été capable de demander sa route, il ne l'eût certainement jamais trouvée au moyen de l'odorat. Puis, combien il devait être embarrassé d'emporter tant de choses avec lui! Au lieu de se contenter d'une bonne redingote sur le dos, il ne pouvait se mouvoir sans un portemanteau ou un sac de tapisserie plein de vêtements étranges. Je n'ai jamais pu comprendre comment on pouvait avoir besoin de plus d'un habit. Le mien est toujours neuf, toujours confortable, propre en toute saison, et il me sied à merveille, s'étant adapté à ma croissance, à toutes les époques de ma vie, sans que j'y aie jamais donné aucune attention. Quant à moi, je n'avais jamais aucune difficulté avec les tailleurs, ni besoin de mesurer, d'essayer ou de changer mes vêtements. Mon habit pouvait aussi sécher sur moi, tandis que mon pauvre maître ne pouvait pas même sauter dans l'eau sans ôter le sien; et lorsqu'il pleuvait seulement un peu, il lui fallait un parapluie. Mon maître ne me semblait pas capable non plus de courir à une certaine distance. Pendant quelques centaines de pas tout allait assez bien; mais, après ce début, il se mettait à marcher; et, s'il faisait un voyage d'une seule journée, il lui fallait prendre l'aide d'un cheval. Pauvre homme! je le plaignais véritablement, et cependant je n'ai jamais hésité un instant à le reconnaître pour mon maître; car, malgré tous ses défauts, je sentais qu'il possédait quelque faculté incompréhensible à mes yeux; mais qui le rendait mille et mille fois supérieur à l'animal le plus supérieur.

Mais pour en revenir à mes propres aventures, je résolus de trouver sans délai le chemin de mon village natal, aussi bien que je le pourrais avec ma capacité de chien. Le matin suivant, je me mis donc en route, me dirigeant d'après mon odorat qui était mon meilleur guide à travers tous les détours des rues de Londres. Plus d'une fois il m'arriva de prendre un mauvais chemin, mais après avoir fait quelques pas, je decouvrais bientôt mon erreur et retournais en arrière. Au début de mon voyage, je rencontrai à un tournant de rue deux Messieurs de ma connaissance, l'un d'eux demanda à l'autre si je n'étais pas le chien de mon maître? L'autre se retourna et appela: Capitaine! Capitaine! En entendant cette voix familière, je fus sur le point de branler ma queue et de le regarder; mais heureusement je me recueillis à temps. Comme il n'était pas mon maître, je n'étais pas tenu de lui obéir: ainsi donc, avec une ferme détermination, je tins mes oreilles et ma queue tranquilles et trottai en avant sans m'arrêter à rien écouter.

Une autre fois, comme je flairais le terrain à un embranchement de plusieurs rues qui se croisaient, j'entendis une voix malintentionnée, s'écrier:

— Oh! voici un chien qui a perdu son maître!

— Un beau chien, en vérité! répondit un autre; il y a sûrement une bonne récompense promise pour celui qui le ramènera.

— Humph! il y a mieux à faire avec lui que cela, dit le premier de ces individus. Et en le regardant, je reconnus en lui le même homme que j'avais auparavant empêché de pénétrer dans la maison de campagne de mon maître.

Je grognai fièrement, et s'il avait essayé de m'approcher, j'étais préparé à lui sauter à la gorge.

— Il paraît vous avoir en haine, il vaut mieux le laisser aller son chemin, reprit l'un des interlocuteurs; et tous deux s'éloignèrent, jugeant prudemment qu'il ne serait pas sûr pour eux d'avoir affaire à moi. Et cette fois encore, je poursuivis mon voyage en paix.

Ayant mes raisons particulières pour ne pas désirer que l'attention se portât sur moi, je me tins autant que possible à l'écart des passants, et fis ce que je pus pour me débarrasser des chiens inquisiteurs ou des chevaux arrogants. De cette manière, je rencontrai peu d'obstacles, et avant la fin du jour, j'atteignis heureusement les faubourgs de Londres.

Mon chemin devint alors plus facile et plus uni, une route de campagne bordée de champs et de haies, était aisée à reconnaître et je pus marcher d'un bon pas et lever ma tête avec assurance, au lieu d'avoir toujours mon nez tourné vers la terre, de peur de perdre la trace de mon chemin.

J'arrivai cependant à un endroit où quatre routes se croisaient et je fus inquiet, mais cela dura peu. Il y avait bien en cet endroit un poteau qui indiquait la route, mais il m'était entièrement inutile. Il eût pu servir à mon pauvre maître, tandis que pour moi, il n'était qu'un de ces nombreux inconvénients auxquelles la délicatesse de mon odorat ne pouvait apporter aucun remède.

Je suivis en la flairant l'une de ces routes, mais ce n'était pas la bonne. J'en pris une seconde, puis une troisième, sans que mon nez se prononçât en leur faveur. Enfin, comme il n'en restait plus qu'une, et qu'il n'y avait plus de choix à faire, je ne m'en inquiétai pas davantage, et me mis à galopper joyeusement droit devant moi et sans difficulté, me demandant si mon maître aurait reconnu la bonne route au moyen de sa raison, aussi sûrement que moi à l'aide de mon instinct.

A mesure que le jour avançait, je commençai à être très-affamé, c'est-à-dire affamé pour moi qui n'avais jamais su jusqu'ici ce que c'était que de manquer un repas.

Accoutumé chaque jour à une nourriture régulière et aussi fréquente que je la demandais, je ne crois pas que dans ma vie si confortable, j'aie jamais connu ce qu'on appelle une véritable faim, cette faim qu'éprouvent ces pauvres créatures qui n'ont qu'une nourriture insuffisante pour la journée et ne sont pas mêmes sûres d'en avoir autant le lendemain; mais je sentais que j'aimerais bien avoir à dîner, et pour la première fois de ma vie, je fus appelé à me le procurer moi-même.

Et réellement pour quelqu'un devant qui on mettait chaque jour, à l'heure ordinaire, sur son assiette, du pain en abondance, un ragoût bien apprêté et peut-être encore quelque morceau de poudding, qui n'avait jamais eu d'autre peine que celle de manger proprement et de dire à sa manière: Je vous remercie! ce n'est pas une petite affaire que de se voir tout à coup forcé de pourvoir à son dîner, du commencement à la fin, d'avoir à le chercher, à le cuire, à le servir et a le manger.

Mais combien n'y a-t-il pas dans le monde d'autres êtres que moi qui ne sauraient faire autre chose que de le manger?

Si j'eusse été un chien mal élevé, habitué aux mœurs de la vie sauvage, j'aurais fait la chasse à quelque petit animal immonde; je l'aurais mis en pièces et dévoré tout cru, mais j'étais une créature civilisée, tellement changée par l'éducation, que dans mes jours de chasse, au lieu de manger le gibier, je l'apportais toujours à mon maître, et ici, sur la route de Londres, il n'y avait pas même de gibier à poursuivre. J'étais donc réduit à chercher vainement ce qu'il y avait à faire.

En continuant ma route, je rencontrai un voyageur assis sous une haie et mangeant un morceau de pain et de fromage. Si à la maison on m'eût offert du pain et du fromage, je ne l'eusse pas accepté; mais en ce moment, je me plaçai en face du voyageur, léchant mes lèvres, remuant la queue de la façon la plus insinuante, je lui en demandai quelque portion.

Il me jeta un reste de pain grossier : Ceci est pour toi, dit-il, mais je crois que tu es trop bien nourri pour t'en contenter. — Le jour auparavant, sa supposition eût été juste, mais la faim guérit de la gourmandise, et à cette heure, je reçus avec plaisir cette bouchée, je l'avalai en un instant, et du regard lui en demandai davantage. Le voyageur me jeta encore une croûte, ajoutant que c'était tout ce qu'il pouvait me donner ; et ayant lui-même achevé le reste, il continua sa route, me laissant presque aussi affamé qu'avant.

Plus tard, en traversant un village, je me trouvai près de la boutique d'un boucher : lui-même était absent et la viande étalée de la manière la plus engageante sur la table.

— Combien aisément, me dis-je, je pourrais m'emparer de cette belle tranche fraîche et m'échapper avec elle, personne ne me verrait et je crois que personne ne pourrait m'attraper.

Voler !... cette pensée me fit tressaillir ! Élevé depuis ma plus tendre enfance dans les principes d'une stricte honnêteté, capable, comme je me l'imaginais, de voir le garde-manger le mieux garni et la table la plus somptueusement servie, sans avoir même le désir de toucher à ce qui ne m'appartenait pas, allais-je maintenant, à la première tentation et pour la première fois de ma vie que je sentais la faim, oublier tout ce qu'on m'avait inculqué et devenir un *voleur?* N'étais-ce donc que la crainte des coups qui m'avait conservé intègre jusqu'ici et mon honnêteté était-elle digne de ce nom, si ce sentiment n'existait en moi que quand il n'y avait aucune tentation à vaincre? Je me sentis confus et honteux en m'envisageant à ce point de vue, et m'éloignant de la boutique, je passai mon chemin, tête baissée et oreilles pendantes.

Je fis peu après la rencontre d'un chien, dont la grosseur et l'embonpoint prouvaient clairement qu'il ne s'était jamais passé d'un seul de ses repas; cependant il grognait en rongeant un os comme s'il eût été affamé. Le considérant plus attentivement, je m'aperçus qu'il était en possession de deux os, dont chacun eût suffi à contenter un chien ordinaire, mais il ne faisait pas même son profit de l'un d'eux, de peur qu'on ne lui enlevât l'autre. Il restait là ses pattes appuyées sur les deux os, à grogner au lieu d'en jouir. Le chien, plus gros que moi, semblait cependant moins fort, s'étant alourdi par une longue habitude de gloutonnerie et de friandise. Je vis de suite que je pourrais aisément le vaincre et m'emparer d'un de ses os, et j'étais, il faut l'avouer, fort enclin à le faire; il me semblait, au premier abord, que j'en aurais le droit; je manquais du nécessaire pour vivre, tandis que lui avait surabondamment ce qu'il lui fallait. N'étais-je pas justifié; bien plus, n'étais-je pas autorisé par le bon sens et la justice, à prendre de lui ce dont il n'avait pas besoin pour en user moi-même qui manquais du nécessaire? D'ailleurs, même en lui dérobant un de ses os, je lui laisserais autant que je lui ôtais.

Dérober — autre mot qui sonne mal et qui m'arrêta de nouveau. L'attaque et le pillage, pour être moins avilissants que le larcin étaient-ils mieux permis pour cela? Les os étaient à lui, sa propriété, ils lui avaient été donnés par quelqu'un qui avait le droit d'en disposer, et bien qu'à cette heure j'eusse pu souhaiter qu'ils fussent plus également répartis, j'avais assez de bon sens pour comprendre que ce serait un état de choses fâcheux si chaque chien pouvait saisir à volonté les os de son voisin. A cette heure, cela m'aurait convenu, mais demain un chien plus fort que moi n'aurait-il pas pu trouver aussi que j'avais plus que le nécessaire, et insister à son tour pour que je lui cédasse la moitié de mon dîner? Qui serait juge entre lui et moi? car chaque chien aurait une opinion différente sur la part qui devrait lui revenir et celle qui devait être cédée à son voisin; aucun chien gros et fort ne permettrait à un autre de dîner tant que lui-même aurait faim; en définitive, les plus forts auraient tous les os, tandis que les plus faibles et les plus chétifs en seraient privés plus que jamais.

Je me déterminai donc à respecter les droits de la propriété par amour pour les petits chiens aussi bien que pour moi-même. Après tout, mourir de faim n'était pas inévitable; il était encore possible d'obtenir à dîner sans combat. Je m'assis donc en face de ma nouvelle connaissance et j'entrai avec elle dans une conversation fort civile. Je la trouvai beaucoup mieux disposée que je ne m'y attendait. Ce chien avait certainement contracté des habitudes d'indulgence et de paresse fâcheuses pour lui; mais ses sentiments naturels n'avaient pas été complétement pervertis. Il était le chien favori d'une dame qui croyait lui témoigner son affection en le bourrant du matin au soir d'aliments qui ne lui convenaient pas, en le laissant sans occupation et le privant de tout exercice salutaire. Il n'y avait pas lieu de s'étonner qu'il fût devenu fainéant et égoïste; mais son bon naturel n'était pas tout à fait étouffé, et il m'assura qu'avoir à ronger un os tout simple, recevoir une bonne petite pluie, ou trouver un ruisseau boueux pour folâtrer, seraient le meilleur régal qui pût lui être offert. Son caractère avait été plutôt aigri par la malice et l'envie des chiens du voisinage qui, moins gâtés que lui, ne comprenaient pas combien peu ces gâteries contribuaient à son bonheur, lui enviaient chaque chose qu'il possédait, et ne perdaient aucune occasion de les lui happer et de grommeler après lui.

Lorsque je réfléchis à la différence qu'il y avait entre ses circonstances et les miennes, je me sentis plus disposé à le plaindre qu'à le blâmer. Mais, tout en prenant avec bonté part à ses difficultés et en lui témoignant toute ma sympathie, je ne perdis pas l'occasion de lui donner le meilleur conseil qui fût en mon pouvoir, et de lui suggérer l'idée de certains changements dans sa conduite qui seraient propres à améliorer son sort.

Il m'écouta avec patience et candeur, et me témoigna sa gratitude en me traitant avec la plus cordiale hospitalité. Il me donna un os excellent et m'offrit de partager son chenil; mais après avoir bien dîné et fait un sommeil restaurant, je me sentis si complétement reposé que je préférai continuer ma route. Il me pressa de venir le voir à mon retour, pourvu, ajouta-t-il, que j'arrivasse seul, car il me confessa franchement que si j'étais accompagné d'un chat, il craignait que la force de l'habitude ne fût trop grande pour lui permettre d'être aussi civil qu'il le souhaiterait. Me rappelant mes anciennes préventions, je n'avais pas le droit de le blâmer, et bien que je n'acceptasse pas son invitation, nous nous quittâmes les meilleurs amis du monde.

Je ne rencontrai plus dès lors ni aventures, ni difficultés; même mon abri pour la nuit ne me donna aucune peine, car lorsque l'obscurité fut venue et que je me sentis trop fatigué pour aller plus loin, je découvris au bord de la route un tas de paille provenant d'une écurie de l'auberge; je me mis aussitôt de la queue et des pattes à le creuser et à le lisser en tous sens, et j'eus bientôt de cette manière un lit aussi confortable et doux qu'un chien peut le souhaiter.

Au point du jour je me remis en route, et me trouvant proche de mon village natal sur un chemin dont chaque pas m'était connu, je n'éprouvai plus aucune inquiétude, et à l'heure du déjeuner, j'atteignis mon ancienne demeure.

Il ne m'était jamais venu à la pensée que personne pût être étonné de me revoir. Ayant toujours trouvé à la maison un accueil amical, je comptais encore tout naturellement en recevoir un semblable, et je ne me serais certainement jamais imaginé avec quelles exclamations d'étonnement j'allais être reçu, et jusqu'à ce jour encore je ne puis comprendre pourquoi ils furent tous si surpris. Mais il en fut ainsi. Lorsque le jardinier ouvrit la porte et qu'il me vit assis sur le seuil, il tressaillit comme si j'avais été un chien étranger qui s'enfuirait à sa vue, et au lieu de m'adresser la parole, il courut appeler sa femme, en criant de toutes ses forces : Peggy! allons Peggy! viens vite, te dis-je. Voici le chien! Comment a-t-il pu venir?

La vieille femme accourut avec empressement et en doublant son pas accoutumé, et je crus qu'elle allait immédiatement s'expliquer ma venue; mais elle en parut plus surprise encore que son mari, et s'écria en me voyant : Bien! vraiment! s'écria-t-elle, selon son habitude, aussitôt qu'elle eut repris son souffle. Bien sûr! quelqu'un vit-il jamais une chose semblable! Comment a-t-il pu venir ici? Croyez-vous que le maître soit en route?

— Je vais voir jusqu'à la barrière, reprit son mari, et le voilà parti sans me dire un mot de plus. Pendant ce temps, sa femme, son tablier jeté sur sa tête, s'efforçait d'agrandir ses yeux pour regarder après lui. Je remuai ma queue, la caressai avec ma patte et fis de mon mieux pour lui faire comprendre que j'étais venu seul et pour mon propre compte, mais sa tête était trop pleine de suppositions imaginaires, pour croire à la simple réalité. Elle persista à regarder venir mon maître, qui ne venait pas, et à me négliger, moi qui étais sous ses yeux. Je la laissai donc chercher à comprendre cette affaire comme elle le pourrait, et tournai mes pas vers la maison où j'espérai joindre un ami qui ne trouverait rien de plus naturel que de me voir à ses côtés.

Je regardai furtivement par la fenêtre de la cuisine, mon petit Pussy était assis devant le feu à sa place habituelle. Il avait exactement la même apparence que lorsque je l'avais quitté. C'était toujours la plus propre, la plus blanche, la plus douce et la plus gentille des créatures.

Il ne fut pas surpris de me voir et cligna et clignota un peu les yeux comme s'il rêvait à moi au moment même et craignait, en les ouvrant plus d'à moitié, de voir son rêve s'évanouir; il les ouvrit enfin tout à fait et son rêve se changea en réalité. Oh! que notre réunion fut alors douce et heureuse!

Il y avait beaucoup à dire et à raconter de part et d'autre avant que nous puissions proprement nous entretenir du grand objet de ma venue, et notre temps fut pris en grande partie le reste du jour par une succession non interrompue de visites ..... non de chiens et de chats comme on pourrait s'y attendre, mais de garçons et de filles, d'hommes, de femmes, d'amis, de domestiques accourant tous pour me voir.

Du moment où le jardinier et sa femme se furent convaincus que mon maître ne venait pas avec moi, ils parurent considérer mon arrivée comme plus extraordinaire encore, et jugèrent à propos d'informer chacun de cette circonstance; quant à moi, j'aurais toujours supposé qu'il y avait plus à s'étonner de voir deux personnes qu'une seule.

Pussy n'approuvait pas ces nombreuses visites et n'avait jamais aimé attirer l'attention; pour moi, qui avais une disposition d'esprit moins réservée, j'étais plutôt flatté de l'attention que j'excitais. Enfin, le soir, je fus moi-même content de voir la maison rentrée dans son calme ordinaire. C'est alors qu'assis paisiblement devant le feu, nous pûmes nous faire part de nos sentiments mutuels.

Je racontai à mon ami combien j'avais été malheureux sans lui et comment, au milieu de tous les plaisirs de Londres, j'avais langui après sa société jusqu'à ce que je ne pusse plus supporter ma solitude, et je le suppliai, par amour pour moi, de renoncer à ses habitudes actuelles et d'essayer un nouveau genre de vie et un nouveau lieu de séjour.

Pussy m'écouta avec sympathie et reconnut qu'il avait été aussi malheureux de son côté et que, nonobstant l'extérieur paisible qu'il avait cru convenable de garder, je lui avais manqué autant qu'il m'avait manqué lui-même. Mais il n'accepta pas d'abord, avec l'empressement que j'avais attendu, ma proposition de m'accompagner à Londres. Il hésitait. Le voyage lui semblait une entreprise hasardeuse. Que de chiens fâcheux il pourrait rencontrer sur sa route! Que d'averses ou d'orages, que d'obstacles de toutes espèces! qui ne s'étaient jamais offert à mon esprit.

Je combattis énergiquement toutes ses objections, essayant de lui persuader que ce voyage qui lui semblait si redoutable ne serait qu'une simple excursion de plaisir. Je n'avais pas songé à la pluie pour ce qui me concernait; mais voyant combien Pussy la redoutait, je me plus à l'assurer qu'il rencontrerait une telle abondance d'abris en cas de pluie, qu'on aurait pu croire réellement que toute la route avait été combinée pour la convenance expresse des chats voyageurs, tant il s'y trouvait de haies, d'arbres touffus, de barrières, de coins abrités et de bancs au soleil dans toutes les directions. Quant à des chiens méchants, ne serais-je pas là pour le protéger et n'étais-je pas capable de tenir tête à quelque chien que ce fût? et ne savait-il pas qu'indépendamment de mon goût pour le combat, je serais joyeux de verser jusqu'à la dernière goutte de mon sang pour lui? Ici Pussy soupira et bien qu'il ne fut pas au bout de ses objections, ce soupir ressemblait davantage à son rouet accoutumé.

Pussy m'avoua alors qu'il redoutait le changement, qu'il avait ses habitudes et ses devoirs personnels; qu'ayant habité toute sa vie la même maison, ayant eu sous sa garde spéciale les celliers et les garde-mangers, il craindrait de se trouver oisif et mal à son aise dans une nouvelle demeure.

Ces observations me parurent des vétilles peu raisonnables. J'accordais qu'il préférât de bonne foi la campagne à la ville; mais je ne pouvais admettre un instant que sa vie à Londres dût être oisive. Supposait-il qu'il ne s'y trouvât pas de souris? Je pouvais l'assurer du contraire, car les domestiques se plaignaient perpétuellement non-seulement des souris, mais aussi des rats, et la veille de mon départ je leur avais entendu déclarer qu'ils ne pouvaient se passer plus longtemps d'un chat. Une vie très-active s'ouvrait donc devant Pussy. Le seul danger était qu'il eût trop à faire et que son amour pour la propreté et le confort fût révolté par les noires crevasses et les caves obscures dans lesquelles il aurait à faire son œuvre. Mais quant à être inutile, c'était bien là une crainte superflue, car en quelque lieu que ce soit, celui qui désire travailler trouve à travailler.

Pussy m'écouta attentivement et commença à filer d'une manière plus décidée. — Toujours reste-t-il, dit-elle, que je crains de leur manquer ici! — Oh! sans doute, répliquai-je; mais on pourra remédier à cette perte. Une maison comme celle-ci peut être gardée par un chat très-inférieur à vous, et après tout on vous aime et on vous garde ici principalement, parce que c'était le désir de Lilly! Peggy trouvera facilement un autre chat, et vous savez qu'elle a souvent dit que les chats blancs n'étaient pas de son goût et qu'elle préférait les tachetés.

— Cela est vrai, cela c'est vrai, murmura Pussy, et voyant qu'elle s'adoucissait par degrés, je continuait à placer devant lui dans une plus vive lumière chaque nouvel argument pour le décider. Je lui représentai de manière à toucher le cœur d'un vrai chat domestique que jusqu'ici le sucre, les conserves, les chandelles...., n'étaient nullement gardées; et je m'étendis quelque peu sur les améliorations qui auraient lieu dans la maison sous sa surveillance attentive. Enfin, comme dernier argument, je fis le plus tendre appel à son affection, et lui traçais une vivante peinture du bonheur qui résulterait pour moi de la jouissance de sa société.

Pussy avait été jusque là incertain et hésitant; mais avant la fin de ma harangue il exprima à sa manière un plein consentement. Je n'ai pas besoin de décrire mon ravissement, lorsque j'eus ainsi obtenu ce qui était le grand but de mon voyage; de tels sentiments ne sont pas du domaine public. Ma joie n'était pas d'une nature bruyante, mais elle fut telle cependant que Pussy dut sentir qu'il avait décidé sainement.

Au point du jour nous commençâmes notre grande entreprise ; car nous étions désireux de ne point perdre de temps et nous avions été la veille si abondamment nourris que nous pouvions facilement braver la faim pendant les vingt-quatre heures suivantes. Lorsque j'étais parti pour mon voyage solitaire, je ne m'étais nullement mis en souci pour mes logements ni pour mon mode de cheminer ; mais maintenant que j'avais un compagnon moins fait à la fatigue, bien des pensées préoccupèrent mon esprit et je réfléchissais si sérieusement à chacun de nos arrangements, que Pussy paraissait le plus gai et le plus courageux des deux....

En effet, dès l'instant qu'il eût accédé à mon désir, il abandonna généreusement toutes ses objections passées et ne songea plus qu'à m'aider et à me donner aussi peu de peine que possible.

Nous traversâmes paisiblement notre village natal. Tous les observateurs curieux du voisinage nous avaient visités le soir auparavant, et notre amitié l'un pour l'autre était si bien connue que de nous voir ensemble ne nous attira que quelques paroles bienveillantes, mais une fois lancés dans le grand monde de la route de Londres, nous dûmes tenir conseil sur notre plan de conduite future et sur notre manière d'agir désormais. Bien que notre but fût le même, nos vues sur la meilleure manière de l'atteindre ne s'accordaient pas complètement : l'idée de Pussy était d'éviter le combat, et la mienne de m'y tenir préparé, sans nul doute une combinaison judicieuse de ces deux principes était la meilleure politique à suivre.

Nous fîmes d'abord la reconnaissance de notre route. Les champs des deux côtés étaient bordés de haies et un sentier élevé se prolongeait entre la haie et la route. Nous décidâmes que je marcherais le long du sentier ouvert, d'où je pourrais observer toute chance de danger, tandis que Pussy se tiendrait autant hors de vue que possible et cheminerait le long du champ de l'autre côté de la haie. Bien que cet arrangement nous séparât, il était de beaucoup le meilleur; le feuillage vert et épais de la haie cachait Pussy à tous les yeux et il s'y trouvait un grand nombre de trous au moyen desquels nous pouvions nous apercevoir l'un l'autre sans que personne le remarquât. Outre l'avantage de la sécurité, ce voisinage des champs avait encore d'autres attraits pour Pussy qui pouvait y attrapper des oiseaux et des souris et s'assurer ainsi à chaque instant un repas confortable.

Nous cheminâmes de cette manière très-agréablement durant plusieurs milles, moi trottant bravement en avant et Pussy se traînant derrière la haie de son pas clandestin accoutumé. De temps à autre, lorsque la prudence le permettait, nous animions notre voyage par quelque digression agréable et variée; ainsi en arrivant vers une palissade ou une muraille, Pussy s'élançait en haut avec son agilité ordinaire et courait sur le sommet du mur. Parfois aussi nous faisions une halte, Pussy grimpait alors sur l'arbre le plus proche, tandis que je reposais à son ombre sur le gazon. Ou bien il sommeillait sur un banc au soleil, tandis que je m'amusais tout en veillant sur lui, à voir passer chevaux et voitures sur la route. Une fois ou deux, nous quittâmes le sentier battu pour aller en quête d'une source d'eau, mais nous avions toujours soin de ne pas nous éloigner trop de notre route.

En traversant un village, Pussy aperçut vers l'extrémité d'un toit un treillis qui présentait une facilité d'ascension tout à fait irrésistible pour un chat entreprenant. En un clin d'œil, il atteignit la muraille perpendiculaire et se mit à grimper main après main, ou plutôt patte après patte, jusqu'à ce qu'il fut parvenu au sommet, content de retrouver un toit, sa place de prédilection; il se livra au plaisir de courir sur les ardoises et de faire mille excursions autour des cheminées. Pussy prolongea sa promenade sur les gouttières des maisons contiguës; jusque là tout allait bien, mais arrivé au bout de la rue, le voilà en face d'une muraille nue, sans treillis ni projection quelconque qui permît de poser le pied, et descendre de ce côté dépassait son adresse et ses moyens : que faire dans cette position difficile ? Revenir sur ses pas était la seule issue. Pendant ce temps, je cheminais en bas le long des maisons, relevant la tête de son côté et le suivant du regard avec inquiétude. Nous n'eûmes heureusement pas à rétrograder bien loin. La maison du milieu était une auberge devant laquelle pendait une enseigne, représentant l'image d'un lion rouge, et rampant, bête horrible et peu distinguée. Il me semblait que s'il eût été vivant, je l'aurais mis en pièces, mais dans les circonstances présentes, je fus heureux de ne le voir qu'en peinture. Pussy sauta du toit sur la traverse qui supportait l'enseigne, et de là, atteignit facilement la terre. Je fus bien heureux de le revoir à mes côtés et de traverser avec lui le village sans nouvel incident. Toutes ces fantaisies et ces tours nous avaient passablement retardé, car personne ne peut se détourner de son chemin pour s'amuser, sans perdre plus de temps qu'il n'avait compté ; je pressai maintenant Pussy de résister à de telles tentations et de continuer à marcher d'un pas égal et ferme de l'autre côté de la haie.

Quant à moi, n'étant pas capable de grimper comme lui, je sympathisais peu avec son goût pour cet art ; et en fait, j'avais même quelquefois considéré sa faculté d'escalader les hauteurs et de placer son pied dans des lieux inaccessibles pour moi, comme un défaut dans son caractère. Mais comme je ne voulais pas me montrer grondeur et désagréable, j'avais toléré cette disposition, quoique je la jugeasse inutile, sinon dangereuse, et j'avais souvent essayé de lui persuader de suivre le chemin battu en toutes choses. Je me croyais ainsi plus sage que je n'étais et j'avais à apprendre par expérience que chaque nature différente et chaque talent peuvent avoir leur avantage particulier. Avant même que nous fussions hors de ce village, ce talent même que j'avais méprisé, devint le moyen qui sauva la vie à Pussy.

La haie qui avait été jusqu'ici notre sauvegarde et notre abri contre toute impertinente observation, tirait à sa fin; les champs ne furent bientôt plus séparés de la route que par un fossé et par de jeunes arbres entourés de palissades et régulièrement échelonnés le long de la route. Nous trottions tout tranquillement et sans songer à aucun malheur, lorsque tout à coup, au tournant de la route, un farouche et puissant mâtin s'élança sur nous. Sauter le fossé et me trouver à côté de Pussy fut pour lui et pour moi l'affaire d'un instant, quoique avec des intentions bien différentes, lui pour l'attaquer et moi pour le défendre. L'attaque fut si subite que Pussy n'eût pas le temps de se servir de ses armes ni de combiner aucun plan de défense. Il s'arrangea pourtant de manière à appliquer un coup de griffe hardi sur le nez de son ennemi, fit entendre un fort sifflement, puis sautant plus vite et plus haut que je ne l'avais jamais vu sauter, gagna ainsi le sommet de la palissade, juste à temps pour éviter d'être saisi par le mâtin : s'il n'avait pas su sauter, c'en était fait de lui, mais à cette hauteur même, il n'était pas tout à fait hors de l'atteinte de son ennemi, qui voulut s'élancer de son côté, mais je me jetai sur lui, tandis que Pussy atteignant un arbre voisin, grimpa de branches en branches jusqu'à ce qu'il eut gagné un refuge assuré.

Alors une bataille royale s'engagea entre le gros chien et moi ; son seul souvenir me fait encore du bien aujourd'hui. Nous étions tous deux arrivés au plus haut degré d'irritation. Pussy, du haut de sa retraite, le dos plus élevé que ses oreilles et la queue enflée comme celle d'un renard, soufflait et crachait sur l'ennemi, et ressemblait assez à un serpent ou à une machine à vapeur. Le mâtin, dressé sur ses pattes de derrière contre la palissade, aboyait et hurlait de rage, courait de tous côtés, et venait s'y heurter à chaque nouveau tour. Moi, non moins furieux que lui, je hurlais et aboyais contre lui en retour, et galoppais autour de l'arbre d'une façon aussi extravagante que lui. Déterminé à tout tenter, il se retourna et se jeta sur moi, nous nous heurtâmes en plein l'un contre l'autre et je n'ai pas besoin de décrire les conséquences d'une pareille rencontre. Grecs contre Grecs, c'est aux savants à en peindre la rencontre ; mais si quelqu'un a jamais ignoré ce que c'est qu'une bataille de chien contre chien, il peut se convaincre ici que ce n'est pas peu de chose.

Nous nous attaquâmes avec une fureur égale. Notre force et notre courage étaient tellement semblables que pendant quelques moments la victoire parut douteuse. A plusieurs reprises, chaque combattant mordu, déchiré, roula dans la poussière, puis bientôt relevé et secouant les oreilles et son poil, se ruait sur son adversaire avec une nouvelle et indomptable ardeur. L'issue finale semblait entièrement dépendre du pouvoir qu'aurait l'un ou l'autre de soutenir le combat le plus longtemps. Ayant toujours dédaigné la forfanterie, je confesse candidement ici que je fus plusieurs fois près de demander quartier et de m'avouer vaincu. Je crois en vérité que si j'avais combattu pour mon propre compte, j'aurais fini par céder ; mais la bonté de ma cause me soutint pour défendre Pussy et je fis des prodiges de valeur. Enfin, j'eus la satisfaction de voir mon ennemi sérieusement tourner le dos, la tête basse et la queue entre les jambes, se traîner vers sa maison dans un état de corps et d'esprit bien différent de celui où il l'avait quittée.

J'envoyai encore après lui un aboiement triomphant qui fit retentir les échos des bois, mais ma meilleure récompense fut dans les remercîments et les louanges de Pussy et la douce certitude d'avoir été son heureux champion.

Après des efforts si prolongés, j'avais besoin d'un moment de repos. Mais peu après, nous nous mîmes de nouveau en route et ne rencontrâmes pas d'autre obstacle jusqu'au moment où nous atteignîmes notre gîte pour la nuit. Cet abri était une grange vide et infestée de rats, en sorte que Pussy y trouva à la fois sa nourriture et le logement. Nos goûts ne se ressemblaient guère! Quant à moi, satisfait de rencontrer un logis confortable et chaud, je m'y établis sans tarder, et bien que Pussy me pressât de prendre ma part de ses provisions, je préférai pour cette fois me passer de repas plutôt que de toucher à ses souris.

Nous fûmes levés et tout préparés à temps pour que le soleil levant nous trouvât sur la route. Il me reste peu d'autres incidents à raconter sur notre voyage ; sauf quelques difficultés à traverser un ou deux bourbiers fangeux, sans mouiller ou sans salir les bas blancs de mon compagnon, nous atteignîmes sans encombre les faubourgs de Londres.

Mais ici une autre crainte vint me troubler. Nous serait-il aussi facile maintenant de traverser inaperçus ces rues si peuplées ? Je me sentais très-anxieux en me trouvant avec mon compagnon au milieu de cette foule compacte, et, quoique je fisse tous mes efforts pour cacher mes craintes à Pussy, afin de ne pas l'alarmer, sa pénétration les devina au travers de ma gaîté forcée, et m'obligea à lui confesser mes appréhensions.

Fidèle à sa détermination de tirer le meilleur parti des choses, il fut plus courageux que moi. Avec son bon sens ordinaire, il me démontra que plus les gens qui nous entouraient étaient nombreux, plus grande était la chance de passer inaperçu ; il ajouta que c'étaient les oisifs qui troublaient ou molestaient les autres ; mais que cette multitude de gens, préoccupé chacun de ses propres affaires, n'avaient ni le temps ni le désir de nous déranger.

Je sais par expérience, mon cher Capitaine, continua-t-il, que, lorsque je fais la chasse à mes rats, je n'ai nulle tentation de me mêler des souris de mon voisin. Mais c'est lorsque j'ai été trop longtemps oisif à filer au soleil que je suis en danger de nuire ou d'importuner les autres. — Vous avez raison, lui dis-je, et je joins mon témoignage au vôtre sur ce point : ce ne sont pas les gens occupés et laborieux que je crains ; s'ils nous remarquent en passant, ce sera avec bienveillance. Mais tous ceux que nous voyons ne sont pas affairés ; il peut s'en trouver aussi qui aient le loisir de nous tracasser ; et j'ai peine à comprendre comment nous passerons sans être observés ; je crains, au contraire, que nous n'attirions fortement les regards. Vous souvient-il combien à la maison l'on disait de choses sur nous ?

Oui, à la maison, reprit Pussy, avec une ondulation significative de ses moustaches ; mais à la maison nous étions seuls ; il n'y avait personne à qui nous comparer.... Je crois que plusieurs sont tenus pour de grands personnages dans leur petit coin, qui passeraient ailleurs tout à fait inaperçus. J'espère qu'il en sera de même de nous.

— Vous espérez ! m'écriai-je presque en aboyant ; car, en dépit de mes craintes, je n'admirais en aucune façon la tournure modeste des consolations de Pussy. La mortification fut ici plus forte que la prudence, et je sentis que je préférerais combattre chaque jour et tout le long du jour plutôt que de n'être pas tenu digne de combattre.

— Je l'espère moi, reprit Pussy; mais je ne puis attendre de vous d'être de cette opinion. Pour ce qui me regarde, je suis content de fuir le danger et d'éviter le blâme; mais il est dans votre nature d'aller au-devant du péril et de rechercher la louange.

— Vous n'êtes pas très-conséquent, lui dis-je un peu piqué; car une de vos objections pour ne pas venir à Londres était la crainte d'y demeurer tout à fait inutile; puis, aujourd'hui, vous voudriez même qu'on ne vous aperçût pas.

— Je ne vois pas de contradiction en cela, reprit Pussy. On peut être utile sans se mettre en évidence. Si je puis remplir paisiblement mon office, de manière à plaire à vous et à mon maître, je serai satisfait que mon existence soit ignorée du reste du monde. Mes exploits en grimpant ne sont que pour mon propre plaisir : vous le savez, je n'ai pas d'ambition.

— Une telle existence ne me contenterait pas du tout, répondis-je.

— Tout est pour le mieux, continua Pussy; il se ferait peu de grandes choses dans le monde, si personne n'était plus énergique ou plus hardi que moi; c'est une chose essentielle qu'il y ait des êtres comme vous, capables et désireux de défendre les faibles, et prêts à soutenir le bon droit sans craindre les conséquences. C'est là votre rôle, Capitaine, et je suis réellement bien reconnaissant de la manière si noble dont vous avez agi hier à mon égard.

Sa manière de considérer les choses adoucit un peu mes sentiments. Pour le présent, j'appréciais par-dessus tout l'application que faisait Pussy de ses goûts retirés. Plus il se glissait dans les sentiers écartés et se cachait dans les coins pour éviter les regards, plus cela me plaisait; car je l'aimais trop pour désirer le voir courir des dangers, même si cela devait m'attirer de l'honneur et de la gloire.

Nous continuâmes ainsi avec succès et précaution notre chemin, prenant tous les moyens propres à éviter non-seulement les chiens et les gamins, mais même des personnes plus âgées et plus sages; et, enfin, tantôt passant sous des réverbères ou des arcades, au travers des ruisseaux et des gouttières; tantôt nous traînant le long des murailles ou nous cachant sous quelque porche protecteur, et surveillant toujours les pas l'un de l'autre, nous atteignîmes sans accident la porte de notre propre demeure.

Toute mesure de prudence étant heureusement devenue inutile, je me permis un aboiement assez fort pour réveiller toute la maison, quoique trop joyeux pour y jeter l'alarme. Notre bon ami John parut le premier dans la cour, se parlant à lui-même tout en travaillant, et disant avec quelque hésitation : « Je serais presque tenté de croire que c'est mon pauvre Capitaine que j'ai entendu aboyer; mais je sais que c'est une folie que de penser toujours à lui. Il a été volé ou s'est laissé enlever par quelqu'un de ces voleurs de chiens de Londres. Je ne le reverrai plus jamais, ce pauvre compagnon ! »

J'aboyai de nouveau. John leva les yeux et me vit debout devant lui, trop heureux pour essayer de le contredire. Je trouvai seulement extraordinaire que, me connaissant aussi bien, il m'ait jugé capable d'abandonner mes meilleurs amis et de me laisser endoctriner et emmener par un voleur de chiens. J'espérais avoir plus de bon sens que cela.

John ne dit pas un mot de plus, mais il courut précipitamment à la porte de la rue et l'ouvrit. Dans mon ravissement de le revoir, j'oubliai toute cérémonie, et, me levant tout droit sur mes jambes de derrière, j'appuyai celles de devant sur son épaule et lui léchai la figure. Trop content de me voir pour s'offenser de ma familiarité, John me tapait légèrement sur la tête et me rendait mes caresses avec une cordialité égale à la mienne.

Il ne s'aperçut pas d'abord de la présence de

mon petit compagnon de voyage, qui, avec sa modestie ordinaire, craignait d'être importun, et se tenait en arrière pendant les rudes salutations qui s'échangeaient entre John et moi. Bientôt après, Pussy trouva qu'il se devait à lui-même de s'avancer et de témoigner de sa présence. Alors, déployant tout à coup sa queue et la tenant élevée comme un étendard, il se mit à se mouvoir en avant et en arrière, filant d'un air doux et affectueux et se frottant à chaque tour contre les jambes de John.

— Bien, Pussy, dit John, s'arrêtant pour le caresser de la main; il faudrait peut-être bien des hommes réunis pour me causer une surprise égale à celle que vous m'avez causée, pauvres créatures muettes. Mais entrez! Viens, Capitaine; viens mon garçon! viens aussi, petit Pussy!

En disant cela, il nous fit traverser la cour, et, se dirigeant vers l'étude de mon maître, il frappa à la porte.

— Entrez, dit notre maître.

John ouvrit la porte et ne prononça pas une parole, tandis que Pussy et moi nous avancions vers le fauteuil de notre maître, lui, en filant doucement, et moi, remuant comme d'ordinaire la queue en signe de contentement. Nous nous attendions tous deux à ce qu'il nous dirait quelque

P. 106.

Lith. de Vᵉ Berger-Levrault & fils à Strasbg.

chose d'agréable ; mais nous n'étions nullement préparés à rencontrer chez notre sage maître une surprise semblable à celle qu'avait manifestée Peggy avant lui. Cependant notre maître regardait en haut et en bas, tantôt du côté de John, tantôt du nôtre. Ses regards errèrent ainsi sur nous à plusieurs reprises, sans qu'il rompît le silence.

— Voilà bien la chose la plus extraordinaire que j'aie vue de ma vie, s'écria-t-il enfin ; quand et comment sont-ils venus ici ?

— Il y a à peine cinq minutes, Monsieur, répondit John, et tous deux ensemble, comme vous le voyez et à en juger à leurs habits poussiérés ils ont dû marcher tout le temps.

— Il n'y a pas de doute à cela, reprit mon maître. Mais quel jour nous a quitté le chien ?

— Il y a quatre jours, Monsieur ; c'était au moment où je venais de vous dire qu'il était toujours plus triste et rêveur. Il faut qu'il ait trouvé son chemin tout seul jusqu'au manoir et ramené Pussy avec lui. Ceci dépasse tout ce que j'ai jamais entendu.

Cela doit s'être passé ainsi. Mais c'est vraiment merveilleux, dit mon maître.

Certainement je l'ai fait, pensai-je tout bas. Mais où est donc la merveille ?

Mais comme nous étions affamés nous laissâmes

John et notre maitre s'exprimer mutuellement leur surprise et nous tournâmes nos pas du côté de la cuisine. Là, encore avant d'obtenir à dîner, nous eûmes à essuyer de la part de tous les serviteurs un feu violent d'exclamations, et réellement ces marques incessantes d'étonnement commençaient à être presque mortifiantes. L'approbation est toujours agréable, mais l'étonnement donne à penser qu'on ne nous a pas cru capable de la moindre bonne action. Cependant nous supportâmes tout avec bonne humeur et fûmes bientôt nourris et caressés à notre complète satisfaction.

Le reste de notre histoire peut se résumer en peu de mots. Pussy s'habitua bientôt à notre foyer de Londres, il suivit sa vocation avec son habileté et son ardeur ordinaires et devint bientôt le favori de tous ; à son début il eût bien à essuyer quelques caquets sur son histoire et sur son extérieur, les uns le trouvant très-joli, d'autres ne voyant rien en lui qui valût la peine de s'en préoccuper autant. Mais bientôt sa réputation fut solidement établie et Pussy fut cité comme le plus joli chat et le meilleur preneur de souris du voisinage.

Tandis qu'il se rendait utile dans son département, je n'étais-pas oisif dans le mien et je crois pouvoir dire en toute vérité qu'aucune maison ne peut se vanter d'avoir possédé un gardien plus fidèle et plus vigilant. Il serait difficile de décider lequel de nous deux était le plus utile à notre maître; Pussy en préservant sa propriété des souris, des rats et de toute cette espèce de gibier, ou moi, en tenant éloignés de plus dangereux malfaiteurs. Notre affaire commune était la garde de la maison; nous en prenions tous deux le soin le plus consciencieux et nos services étaient pleinement appréciés et récompensés.

Hôtes également bienvenus au foyer de la cuisine ou sur le tapis du salon, traités en favoris par les domestiques, en amis par notre maître et regardés par ses connaissances comme une société agréable, jamais deux animaux n'eurent une vie plus heureuse que la nôtre.

Lily venait quelquefois nous visiter et à côté du plaisir d'être de nouveau caressés par elle, se joignait celui de l'entendre raconter elle-même notre histoire à son mari et de voir notre amitié louée et citée par elle-même à son jeune fils.

Il peut paraître absurde de supposer que quelque être humain puisse faire son profit de l'histoire d'un chien. Quant à moi, je suis persuadé qu'aucune créature n'est assez insignifiante, ni aucun événement assez trivial pour ne pas renfermer quelque leçon utile à ceux qui veulent en profiter.

Or voici la morale qui ressort de cette petite histoire. — Tirer le meilleur parti possible des circonstances défavorables sans se laisser aller au découragement. — Cultiver avec tous les rapports de bienveillance et d'affection plutôt que d'écouter les préjugés et l'aversion. — Enfin proposer l'exemple de Capitaine et de Pussy, à l'imitation de ceux qui se sentent peu de sympathie pour leur prochain. — Telle est la nouvelle et meilleure méthode que cette histoire enseigne

vivre comme Chien et Chat.

FIN.

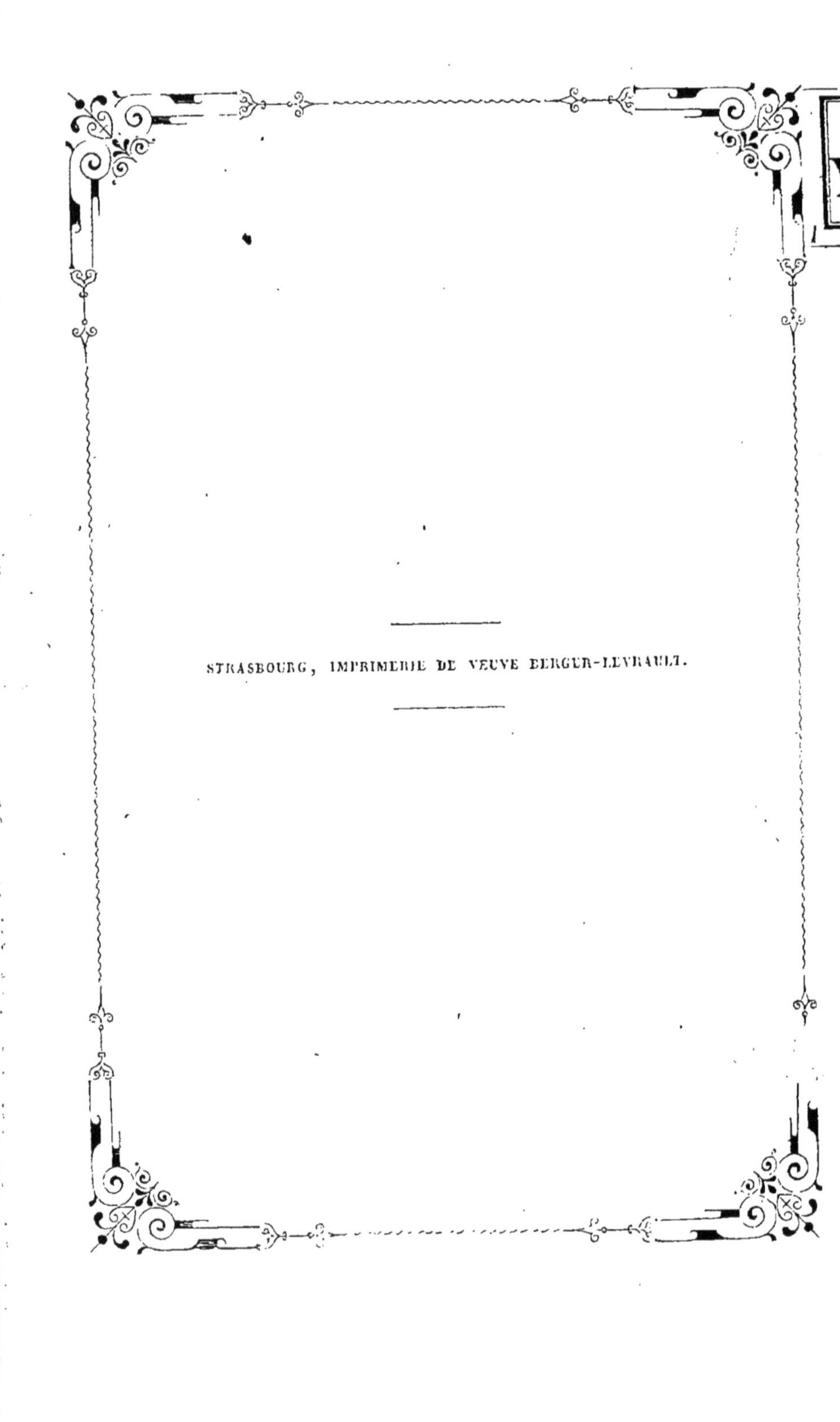

STRASBOURG, IMPRIMERIE DE VEUVE BERGER-LEVRAULT.

www.ingramcontent.com/pod-product-compliance
Ingram Content Group UK Ltd.
Pitfield, Milton Keynes, MK11 3LW, UK
UKHW020920180726
13838UKWH00002B/655